CHINA LITERATURE
AND ART FOUNDATION
中国文学艺术基金会
中国文学艺术发展专项基金
资助项目

“影像见证新时代 聚焦扶贫决胜期”
2018—2020 大型影像跨界驻点调研创作工程系列图书

东北偏北

沈伯韩 主编

中国摄影出版传媒有限责任公司
China Photographic Publishing & Media Co., Ltd.
中国摄影出版社

图书在版编目（CIP）数据

东北偏北 / 沈伯韩主编 . -- 北京 : 中国摄影出版传媒有限责任公司 , 2021.12

（“影像见证新时代 聚焦扶贫决胜期”2018—2020大型影像跨界驻点调研创作工程系列图书）

ISBN 978-7-5179-1140-1

Ⅰ . ①东… Ⅱ . ①沈… Ⅲ . ①纪实文学 - 中国 - 当代 Ⅳ . ① I25

中国版本图书馆 CIP 数据核字 (2021) 第 273044 号

“影像见证新时代 聚焦扶贫决胜期”2018—2020 大型影像跨界驻点调研创作工程系列图书

书　　名：东北偏北
主　　编：沈伯韩
责任编辑：常爱平
装帧设计：冯　卓　胡佳南
出　　品：中国文学艺术界联合会　中国摄影家协会　中国民间文艺家协会
出　　版：中国摄影出版传媒有限责任公司（中国摄影出版社）
地址：北京市东城区东四十二条 48 号　邮编：100007
发行部：010-65136125　65280977
网址：www.cpph.com
邮箱：distribution@cpph.com
印　　刷：北京雅昌艺术印刷有限公司
开　　本：16 开
印　　张：12
版　　次：2022 年 1 月第 1 版
印　　次：2022 年 1 月第 1 次印刷
ISBN 978-7-5179-1140-1
定　　价：69.00 元

中国文联大型影像扶贫跨界驻点延边朝鲜族自治州调研创作项目组

东北偏北

沈伯韩　主编

中国摄影出版传媒有限责任公司
China Photographic Publishing & Media Co., Ltd.
中国摄影出版社

影像见证新时代　聚焦扶贫决胜期

2018—2020 大型影像跨界驻点调研创作工程

1.《十八洞村脱贫记》

2.《石榴红了——淅川脱贫档案》

3.《天·地·人——来自黄河源头的影像报告》

4.《古乡厚土——陇县乡村扶贫纪实》

5.《迈过石门坎》

6.《黄河三处》

7.《光耀州城》

8.《科尔沁草原上的脱贫路》

9.《再见独龙江》

10.《沸腾的西海固》

11.《东北偏北》

12.《山里的日与夜》

13.《寻乌——寻迹脱贫攻坚路》

14.《梅林村——一个深度贫困村的影像档案》

15.《一“页”鱼龙舞》

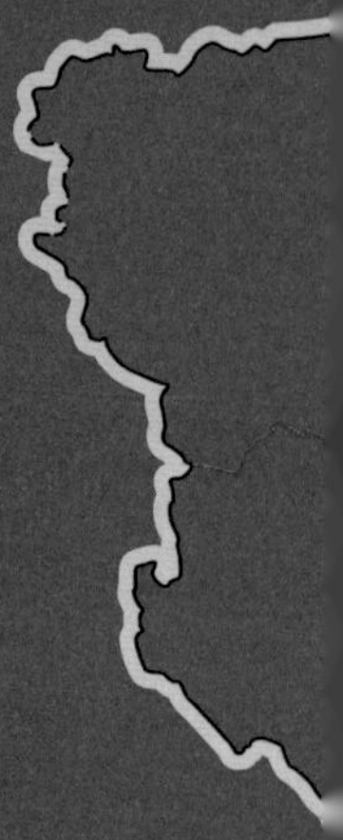

审图号：GS（2020）5170 号

8
内蒙古自治区
兴安盟科尔沁右翼中旗
11
吉林省
延边朝鲜族自治州
6
山西省
吕梁市兴县
宁夏回族自治区
西海固地区
10
青海省
果洛藏族自治州
3
7
陕西省
铜川市耀州区
4
陕西省
宝鸡市陇县
15
甘肃省
陇南市武都区
2
河南省
南阳市淅川县
西藏自治区
昌都市左贡县
12
9
云南省
怒江傈僳族自治州贡山
独龙族怒族自治县
独龙江乡迪政当村
1
湖南省
湘西土家族苗族自治州
花垣县十八洞村
5
贵州省
毕节市威宁彝族回族苗
族自治县石门乡
江西省
赣州市寻乌县
13
14
广西壮族自治区
百色市田东县作登瑶族乡
梅林村

总序

党的十八大以来，以习近平同志为核心的党中央把脱贫攻坚作为全面建成小康社会的重要战略任务，做出一系列重大部署，创造了我国减贫史上的最好成绩。到2020年实现现行标准下农村贫困人口全部脱贫，是党中央向全国人民做出的庄严承诺。为生动记录脱贫攻坚战这一伟大历史实践，以影像的力量助力国家脱贫攻坚工作，中国文联和中国摄协、中国民协于2017年年底共同发起“影像见证新时代 聚焦扶贫决胜期”2018—2020大型影像跨界驻点调研创作工程。该项目被列为中宣部《中国当代文学艺术创作工程规划（2017—2021）》重点创作项目、中国文联“讴歌新时代，共筑中国梦”主题文艺创作实践活动重点项目。

根据中共中央宣传部、国务院扶贫办等单位推荐并结合中国文联实际，该项目在全国选择了湖南省湘西土家族苗族自治州花垣县十八洞村、内蒙古自治区兴安盟科尔沁右翼中旗、陕西省铜川市耀州区、江西省赣州市寻乌县、甘肃省陇南市武都区、青海省果洛藏族自治州等15个各具特色的扶贫点，充分发挥全国文联系统的组织优势和人才优势，汇聚了活跃在一线的摄影家、民间文艺家，以及经济学、社会学、人类学等领域的专家学者约70人，深入到脱贫攻坚一线，运用摄影、绘画、视频、文字等手段，进行多元化创作、多角度呈现，为实现跨界融合做出了积极有效的探索。

2020年是全面建成小康社会和“十三五”规划收官之年，是脱贫攻坚决战决胜之年，在今年出版发行“影像见证新时代 聚焦扶贫决胜期”2018—2020大型影像跨界驻点调研创作工程系列图文书具有十分重要的意义。这套图文书以15个驻点的调研创作为素材，每个驻点编辑出版1本图文书，全面展现这15个驻点的脱贫攻坚成果，突出“影像见证”“聚焦扶贫”的主题，体现影像记录的价值和意义，力图建立国家脱贫攻坚的影像档案。

这是一套充满理想情怀的图文书。各主创团队以高度的使命感和对土地、对人民的深情，克服道路崎岖危险、高原反应、水源污染、传染疾病等多种困难，真正沉下去，扑下身子扎到村里，和乡镇干部群众一起吃、一起住、一起干，用心用情去体验脱贫攻坚的火热生活，感受贫困地区发生的巨大变化，对基层干部群众团结一心、攻坚克难的奋斗历程进行跟踪记录和持续挖掘，以直观素朴的影像和平实深刻的文字，透过典型人物和鲜活故事，反映国家精准扶贫战略给贫困地区带来的深刻变化，讴歌脱贫攻坚战中的先进事迹和奋斗精神。尽管每本书的艺术表现手法各有千秋、各不相同，但始终彰显出内在积极向上的精神力量。我们力争将深蕴其中的情怀和责任、格局和担当化作对党和国家、对人民和事业殷殷的热爱，化作对时代发展和文化传承深深的思考。

这是一套聚焦脱贫攻坚战全过程的图文书。在地点的选择上，综合考虑中宣部和中国文联的定点扶贫点，以及各省（自治区、直辖市）文联推荐的“文艺扶贫奔小康”志愿服务行动工作示范县分布，在全国范围内确定了 15 个调研创作驻点，实现了驻点分布的代表性、地域性、差异性、进行时、视觉性。在内容呈现上，既有驻点的简况和贫困情况，也有脱贫后发生的变化；既有产业扶贫、就业扶贫、易地扶贫搬迁、文化扶贫等帮扶举措，也有东西部扶贫协作、对口支援、定点扶贫以及社会力量对脱贫工作的参与支持；既有当地贫困群众在脱贫中发生的巨大变化，也有第一书记、扶贫干部在其中做出的巨大努力。我们力争在展现国家脱贫攻坚取得的伟大成果的同时，从小处着眼，通过反映普通人的情感、命运及脱贫前后的对比等折射巨大的社会变革，全景式记录脱贫攻坚战。

这是一套以影像为主、突出个性表达的图文书。摄影是记录当下、展现现实的艺术，具有鲜明的时代特色。为时代存照、为人民画像，是时代赋予我们的历史使命和政治责任。这套图文书的主创以摄影家为主，通过图片为主、文字为辅、影像叙事的方式形成完整的视觉呈现，强调突出摄影家的个性、视角和思考。在体例上，有田野调查、报告文学、诗歌散文、采访记录、作者手记等，在内容上呈现的不仅仅是静态影像，还包括民间文艺、音乐、美术、书法、视频、音频等，力图做到立体化、多元化、多维度的呈现。这套图文书具有档案性，但又不是面面俱到的资料汇编；提倡个性表达，但又不是纯粹的个人的风光、艺术和人物摄影。我们力争传递和揭示扶贫、脱贫和落后地区发生巨大变迁的纪实性、直观性和深刻性，以及在此过程中所体现的人文关怀。

最后，衷心希望这套图文书能激励更多的文艺工作者，牢记新时代的历史使命和责任担当，更加自觉地深入生活、扎根人民，聚焦中国梦的时代主题，积极投身伟大的时代洪流，从人民的伟大实践和丰富多彩的生活中汲取营养，不断进行生活和艺术的积累，不断进行美的发现和创造，用自己的艺术创作讴歌党、讴歌祖国、讴歌人民、讴歌英雄，努力攀登新的艺术高峰！

“影像见证新时代 聚焦扶贫决胜期”

2018—2020大型影像跨界驻点调研创作工程

系列图文书编委会

2020年5月

目 录

CONTENTS

2017 年 9 月 6 日拍摄的山城里风貌。金光永摄影

2019 年 12 月 21 日，前往松岭村的路上，太阳突破云层，照亮了我们前方的路。沈伯韩摄影

2019 年 12 月 26 日，在雪岭景区，用无人机航拍的景区风光，远处是长白山。沈伯韩摄影

本卷序

延边，我国唯一的朝鲜族自治州，地处东北边陲、长白山麓独特的一隅。过去上百年的时光中，在自然、历史、文化等因素的多重叠加影响下，贫困如同一根利刺深深扎进这片土地。对摆脱贫困的期盼，如同漫长寒冬中的农人苦苦等待春天的到来。然而，金达莱花开了又谢，美好生活的幸福之花却一直难以绽放。

莽莽林海，巍巍雪山，这片充满传奇、流淌热血的辽阔土地，曾见证过清初以降人们奔向希望的大迁徙，见证过中华儿女保卫家园、抗击日本侵略者的浴血奋战，见证过新中国成立后各族同胞建设边疆的卓绝努力……今天，她见证着也许是这片土地上自有人类活动以来最深刻的变迁。

2020 年 12 月 3 日，习近平总书记在中央政治局会议上指出，经过 8 年持续奋斗，我们如期完成了新时代脱贫攻坚的目标任务，现行标准下农村贫困人口全部脱贫，贫困县全部摘帽，消除了绝对贫困和区域性整体贫困，近 1 亿贫困人口实现脱贫，取得了令全世界刮目相看的重大胜利。

放眼改革开放 40 余年，中国实现了联合国现行标准下近 8 亿人脱贫，占全球减贫人口总数的 70% 以上。这场伟大胜利的背后，是代代中国人为摆脱贫困而付出的艰苦卓绝的努力。尤其是党的十八大以来开展的脱贫攻坚战，创造了人类减贫史上最伟大的奇迹，成为难以磨灭的国家记忆。

为了捕捉、记录下这些变迁，2018 年以来，我们在中国文联、中国摄影家协会的领导和组织下，在吉林省文联、延边州文联、中共延边州委宣传部、延边州摄影家协会等单位的协助下，多次造访延吉市、和龙市、图们市、敦化市、安图县、汪清县等地的乡村和林场，深入近 10 个家庭，记录下“小人物”们生活与奋斗的样貌。希望这些“小人物”们的故事能成为延边广袤大地上脱贫事业的别样注脚。

坚持党的领导，是中国减贫的制胜法宝。不同于许多国家减贫主要依靠国际援助和非政府组织，我国减贫事业的推动者和执行者主要来自各级组织单位内部。据统计，8 年来我国累计有近 1000 万人投身减贫事业。这其中有 197.4 万名乡镇扶贫干部，数百万名村干部，还有 300 多万人是突破了层级、部门、条线限制的帮扶力量。

在安图县明月镇，我们就收获了这样的帮扶故事：一位来自北京的“厅官”和一位曾经远走他乡又回归乡里的村支书，他们的命运因共同的使命感交叉在一起。一片昔日贫瘠的土地，因他们的默契和努力而旧貌换新颜。

放眼全球，没有哪个国家有中国这样强大的社会动员能力。在专项扶贫、行业扶贫之外，社会扶贫成为中国“三位一体”的大扶贫格局中的重要力量。习近平总书记在多次讲话中提到的“新乡贤”，正是社会扶贫力量中不可或缺的一员。因此，我们在调研中，并未将目光囿于各级组织单位之内，也努力关照社会各界的扶贫贡献。

在与朝鲜隔江相望的图们市月晴镇，我们探访寂寥的朝鲜族村庄，在一位倾尽所有，一心保护守望朝鲜族传统民居“百年部落”的朝鲜族老人的讲述中，我们不仅触摸到了他浓烈的乡愁，更看到了中国农村致富带头人起到的“领头雁”作用。

回顾历史，精准扶贫不是从天而降的奇迹。费孝通先生在 1938 年所著的《江村经济》中指出，“中国的基本问题是农民的饥饿问题”。民不聊生，曾是新中国成立后所面临的首道难题。为了克服严重的经济困难，中国共产党领导人民向贫困宣战，多种措施并举，使新生的共和国克服了生存危机。1949 年到 1977 年，国家虽然没有出台专门的扶贫政策，但以土地改革为核心的经济政策，极大改善了农村的极端贫困状态。改革开放后，随着家庭联产承包责任制的推行、以市场为导向的农业生产品交易和消费市场的改革，扶贫逐渐从物资救济式济贫向开发式扶贫转变，《国家八七扶贫攻坚计划》的出台更是成为新中国历史上第一次有明确目标、明确对象、明确措施和明确期限的扶贫开发行动纲领，这一切都为精准扶贫奠定了坚实的基础。

因此，在记录精准扶贫的伟大成就的同时，我们不忘观照历史。在安图县松江镇，我们寻访“闯关东”移民的后代，聆听他们父辈曾经的苦难记忆，在他们劳作的土地里、牛羊的圈棚中、烧热的火炕上体会他们当下幸福生活的点滴滋味。

在 2015 年中央扶贫工作会议上，习近平总书记指出，“脱贫致富终究要靠贫困群众用自己的辛勤劳动来实现”。当镜头一次次对准这些普通人的时候，我们深刻感受到他们由内而生的改变生活的渴望。这种热忱，让脱贫的成色更鲜艳、更持久。

14 个集中连片特困地区，832 个贫困县，12.8 万个贫困村，9800 万贫困人口，是我国精准扶贫的对象。因此，我们在调研中也拓展视野，不仅关注贫困户和贫困村，也关注贫困地区的经济、社会、文化发展。

在延吉城边的古村山城里，我们持续记录了一对经历各式人间苦难，始终相濡以沫的老夫妻，他们额头的皱纹、双手的老茧、饱含浊泪的双眼，都在倾诉着生命的执着、坚韧与不屈。他们最终与生活了半个多世纪的老屋作别，搬进城里的楼房，这映射着时代的变迁。

曾经，木材经济是延边重要的经济支柱，我们想了解停伐之后，莽莽林海如何为脱贫攻坚发挥作用。因此我们奔赴敦化市、安图县和汪清县境内的林场，唏嘘于昔日森工转型的阵痛，更惊叹于绝境中的奋起一搏、焕然新生。这其中，我们看到了产业扶贫中森工企业的担当与作为。

习近平总书记在党的十九大报告中强调："文化是一个国家、一个民族的灵魂。文化兴国运兴，文化强民族强。"贫困地区的发展也离不开文化事业的繁荣。因此，我们在调研中寻访民间艺人，希望了解文化艺术在减贫中发挥的作用。一位来自汪清县、毕生只跳一支象帽舞的非遗传承人让我们深深折服。飘舞的彩带展现的不仅是朝鲜族传统艺术的极致之美，更是艺术家保护传承少数民族文化、通过文艺演出带动百姓增收的奉献之美。

出现在这本书里的一个个小人物都只是时代的侧影。他们之中，有的人直接受到国家政策的扶持；有的人因所在地区脱贫攻坚的整体推进而被辐射受益；有的人直接投入这场战役，成为贫困地区产业发展洪流中的弄潮儿；有的人则为家乡发展、文化传承无私贡献着自己的毕生心血……长白山下，他们生生不息，平凡、生动的故事映射着新时代的伟力！

在发现、造访这些人物的过程中，承蒙金光永教授、李光平、李龙俊、王肖松、李琨、沈学哲等诸多友人的无私帮助，才得以顺利完成此部书稿的写作与拍摄。在此，向以上诸位以及所有接受我们采访和拍摄的人致以最深的谢意！

引子

延边朝鲜族自治州脱贫攻坚相关概况

延边朝鲜族自治州位于吉林省东部的长白山区，面积4.33万平方公里，约占吉林省的1/4。2019年户籍总人口207.20万人，其中朝鲜族人口74.21万人，占全州总人口的35.82%，是我国唯一的朝鲜族自治州和最大的朝鲜族聚居地区，我国朝鲜族人口的42.3%居住在这里。延边朝鲜族自治州成立于1952年9月3日，下辖延吉、图们、敦化、珲春、龙井、和龙6市和汪清、安图2县，首府为延吉市。

延边州地处中朝俄三国交界处，东与俄罗斯滨海边疆区接壤，南隔图们江与朝鲜咸镜北道、两江道相望，边境线总长787.7公里。其中，中朝边境线长541.7公里，中俄边境线长246公里。延边濒临日本海，图们江是我国通向日本海的唯一水上通道。延边最东端的珲春防川，距日本海仅15公里。

长期以来，受历史和客观现实条件影响，延边州经济社会发展一直相对滞后。2012年，延边州贫困发生率为29%。作为欠发达的边疆民族地区，该州是吉林省脱贫攻坚的主战场之一。

延边州属于高寒特困片区，“八山一水半草半分田”，自然灾害多发，交通不便，经济基础差，耕地面积少，人口外流多，贫困人口收入不稳定。

与全国很多地方相比，延边的脱贫攻坚既面临相似的难题，也有自身的特点：

一是人口流失严重。20世纪90年代以来，随着中韩建交，一批批朝鲜族群众离开家乡，借助语言优势远赴韩国打工，由此导致的农村“空心化”“老龄化”“贫困化”问题不断加剧，人少、人老、人穷，也成为横亘在脱贫攻坚战场上的巨大挑战。延边州边境一线的109个边境村，空巢现象突出，人口流失严重，平均人口流失率为60%以上，个别村达到90%以上。比如，图们市石岘镇春华村户籍人口为273人，而实际常住人口仅为22人，人口流失率达91.9%。109个边境村60岁以上老人有1.4万多人，占常住人口的40%，绝大多数贫困程度深、减贫成本高、脱贫难度大。

二是基础设施落后。边境地区村屯布局分散、规模小，生产生活条件比较恶劣；人口流失造成学校、医院等难以维持，公共服务相对落后。

三是边境村集体经济薄弱失衡。一些边境村产业规模小，布局分散、混杂，无主导产业；部分村集体收入主要靠土地、林地发包，来源单一，增收渠道狭窄。

四是县级财力不足。延边州5个贫困县县域经济在全省排位整体靠后，属于“吃饭”财政，县级财政投入难以满足资金缺口。

五是贫困户内生动力不足。延边州老年和病残贫困人口占比较多，且文化水平不高（60岁以上老年人占贫困人口的63.5%，因病因残人口占贫困人口的86.8%，初中文化及以下学历者占贫困人口的92.6%），缺乏自我脱贫致富的门路和能力。

丰收在望的“御粮田”。李光平摄影

从贫困人口分布看，他们大多分布在重点生态功能区、革命老区和边境贫困地区。从贫困人口构成看，少数民族人口 13962 人，占比 29%，其中朝鲜族贫困人口 12440 人，占比 25.9%；60 岁及以上有 30528 人，占比 63.5%；享受低保的有 22438 人，占比 46.7%。从致贫原因看，因病致贫的有 32418 人，占比 67.4%；因残致贫的有 9329 人，占比 19.4%，其余因学、因灾、缺劳力、缺技术、缺资金等原因致贫的有 6323 人，占比 13.2%。从健康状况看，患有长期慢性病及大病的有 26477 人，占比 55.1%；残疾人有 15178 人，占比 31.6%。从劳动能力看，丧失劳动力及无劳动力者有 23011 人，占比 47.9%；弱劳动力或半劳动力者有 11643 人，占比 24.2%。从文化程度看，初中及以下学历者有 44513 人，占比 92.6%。

2015 年，延边州 8 个县（市）中有 4 个国家级贫困县（市）——和龙市、龙井市、安图县、汪清县和 1 个省级贫困市——图们市，是典型的“老少边穷”地区。全州有贫困村 304 个（深度贫困村 43 个），2015 年底贫困发生率为 12.2%。

2018 年 9 月 12 日，闫政华家屋后等待收割的庄稼地。沈伯韩摄影

2015年至2018年，延边州实现脱贫人口3.3万人，贫困村出列120个，贫困发生率由9.3%下降到3.2%。

2020年4月11日，吉林省人民政府发布公告，经吉林省人民政府批准，靖宇、大安、通榆、安图（延边州）、汪清（延边州）正式退出贫困县序列。至此，吉林省8个贫困县（市）全部实现摘帽。截至2020年底，延边州5个贫困县（市）全部摘帽、304个贫困村全部出列，贫困人口全部脱贫，贫困发生率由2015年的12.2%降至零，脱贫减贫任务全面完成。世代困扰延边的区域性整体绝对贫困问题已得到彻底解决。

第一章

松江行

2019 年 1 月，在从延吉市到松江镇的路上，车行驶在被大雪覆盖的林间路上。李伟摄影

2019 年 12 月 21 日无人机航拍的松岭村。沈伯韩摄影

第一节　闯出新家园

2019年1月，东北无雪。白杨树上的鸟儿也似乎在眼巴巴地等待着大雪的降临。

据说，这是半个世纪以来，唯一一个没有雪的冬天。

从延吉市到安图县松江镇，汽车在一片又一片的林场中穿行。公路上没有人也没有车。阳光下的树影，成了相伴一路的风景。

早在19世纪，这片看似静谧的土地就开始不断收留来自远方的移民。我们路过一个又一个屯子，总能听见许多关于“闯关东”的故事。

这段历史始于19世纪中叶，黄河下游连年遭灾，虚掩的山海关大门敞开，流民潮涌，继而汹涌澎湃，一场人类历史上的大迁徙就此拉开序幕。

2019年12月21日无人机航拍的松岭村。沈伯韩摄影

2017 年 5 月 5 日，一名村民在松岭村放羊。李龙俊摄影

2018 年 9 月 12 日，松岭村的秋日。沈伯韩摄影

2019 年 12 月 21 日，雪中的松岭村。李伟摄影

2019 年 12 月 21 日，雪中的松岭村。沈伯韩摄影

2018 年 9 月 12 日，无人机航拍的闫政华家和他们家的庄稼。沈伯韩摄影

1995年农历十一月初二，闫政华（后排左一）与父母等家人合影。闫政华供图

1995年农历十二月十七，闫政华和杨克美结婚留念。闫政华供图

2018年9月12日，闫政华（右）与妻子杨克美在自家小院里，家中养的小动物都来和他们亲近。沈伯韩摄影

1899 年，日本人小越平隆在《满洲旅行记》中记载了这样的画面：“由奉天入兴京，道上见夫拥独轮车者，妇女坐其上，有小儿哭者眠者，夫从后推，弟自前挽，老媪拄杖，少女相依，踉跄道上，丈夫骂其少妇，老母唤其子女。队队总进通化、怀仁、海龙城、朝阳镇，前后相望也。由奉天至吉林之日，旅途所共寝者皆山东移民……”

丰沃的黑土地对孕育在农耕文明中的子民总是有着无法抗拒的感召力，挣脱贫瘠、奔向未知而确信的美好，激发着一批又一批的移民离开故土。伴随着战争、饥饿、贫困，这股浪潮时高时低，直到 20 世纪 60 年代才渐渐平息。

松岭村，就是一个因“闯关东”而诞生的小村庄。

20 世纪 40 年代前，这里曾是一片人迹罕至之地，曾被戏谑地称为“光屁股岭”——行路此间，如果遭遇土匪，连衣服都会被扒光。随着“闯关东”移民们在此安营扎寨，才日渐安宁。

多年来它遗世而独立地扎根在长白山下，透着一种孤寂、静默之美。

这里距离松江镇大约半小时车程，离延吉市有 3 小时车程，即便遥远，仍然挡不住当地的摄影爱好者们前来采风。时年 53 岁的闫政华的家，摄影师常去拜访。

闫政华性格开朗，十分健谈，对村庄的人情世故、一草一木都了如指掌。他出生在山东孟良崮，幼年时代随着父母来到了长白山下的这片广阔的处女地上。妻子杨克美也是“闯关东”后代，老家在山东诸城。他们一个住前屯，一个住后屯，年轻时自由恋爱走到了一起。

20 多年前，他们一起回过一次老家，却发现山东话已经不大听得懂。这里是家，那里是根。对于他们这代“闯关东”移民来说，说起“故乡”，心里总是有些五味杂陈。

老闫家里有 30 多亩地，多年来种着大豆和玉米，3 间矮屋为全家 3 口人遮风避雨。精准扶贫开始前，老闫一直习惯于日出而作日落而息的生活（参见第 38—41 页“闫政华家中日常”组图）。

2018 年，村里开始修建水泥硬化路，一年后，路通到了老闫家门口。过去到镇上赶集来回得一天。现在他买了一辆四轮农用车，半小时就进城。启动马达，在小道上摁响喇叭，看着稻田洒满阳光，老闫觉得，这是人生中最美好的时刻。

2019 年 1 月 21 日清晨，闫政华的儿子闫平从院子里拿了一些柴火准备生火。沈伯韩摄影

2019 年 1 月 21 日清晨，闫平出去放牛。李伟摄影

2017年，村里通了网络，老闫家也装上了Wi-Fi。从此，手机成了他最大的快乐源泉。

“虽然我没去过什么地方，但是手机里啥都有，什么事都能知道。”他也有自己的直播号，心情好的时候分享松岭村的美景、家里的小羊羔、林子里的野蘑菇……心情不好的时候就发发牢骚。

家里老屋已经建了30多年，有些破旧了。但修修补补，老闫觉得还能再住几年。

2017年，延边州民政局开展了首批边境乡镇困难户农房政策性自然灾害保险试点。作为脱贫帮扶的一项新途径，延边全州有18个边境乡镇和1个边境街道的建档立卡贫困户、农村五保户、低保户、优抚对象的农房被免费纳入自然灾害（火灾）保险范围，这其中也包括了松岭村。

虽然不是贫困户，但闫政华也主动参了保。“花钱不多，买个心安。”

2019年夏天，有一天突然雷电交加，下起瓢泼大雨，家附近的电线杆被雷击中，家里的路由器和“猫”全部“罢工”。亏得买了保险，老闫获赔500块钱，家里的用电和通讯网络得以恢复。

除了保险，和精准扶贫一起来到老闫身边的还有低息贷款。2019年，他贷了1.7万元，养了2头西门塔尔牛。如今，家里有粮食，有羊，还有牛。一年下来，收入能有三四万元。

2020年，儿子闫平就要大学毕业了，正盘算着去新疆当老师。“那里那么远，听说挺艰苦。”杨克美有点犹豫，舍不得这个独生子。但老闫不这么想，他说，年轻人应该出去闯闯。“这就像当年父辈离开山东老家一样，不闯，怎么有希望？”

“那他以后在那边娶媳妇不回来怎么办？”媳妇问他。“我们去新疆跟他过呗，只要人能在一起，就是家。”

◎ 闫政华家中日常

01	02
03	04
05	06

01　2019 年 1 月 21 日清晨，杨克美在做早饭。沈伯韩摄影

02　2019 年 1 月 21 日清晨，闫政华在喂牛。沈伯韩摄影

03　2019 年 1 月 21 日，闫政华（左三）和妻子杨克美（左二）、儿子闫平（左一）在赶集采购年货。沈伯韩摄影

04　2019 年 1 月 21 日，闫政华在赶集采购年货时试一款戒指。沈伯韩摄影

05　2019 年 1 月 21 日，闫政华（前左）和杨克美（前中）在赶集采购年货时买春联。沈伯韩摄影

06　2018 年 9 月 12 日，闫政华在给手扶拖拉机加水，准备去邻居家拉草料回来喂牛。沈伯韩摄影

◎ 闫政华家中日常

01	02
03	04
05	06

01　2018 年 9 月 12 日，闫政华在邻居家装草料。沈伯韩摄影

02　2018 年 9 月 12 日，杨克美在家里整理刚从邻居家拉回来的草料，一只小羊迫不及待地开始“偷吃”草料。沈伯韩摄影

03　2019 年 10 月 22 日，闫政华和杨克美在庄稼地里收玉米。李伟摄影

04　2019 年 10 月 22 日，闫政华家收获的玉米。李伟摄影

05　2019 年 10 月 22 日，闫政华和杨克美把收获的玉米拉回家后脱粒。李伟摄影

06　2019 年 12 月 21 日，闫政华家的窗子被冻上了一层冰花。李伟摄影

2019 年 12 月 21 日，天色近晚，闫政华准备回家休息。沈伯韩摄影

◎ 闫政华家中日常

2019 年 12 月 21 日，闫政华家养的牛。李伟摄影

2018 年 9 月 12 日，闫政华家养的羊。沈伯韩摄影

2018 年 9 月 13 日，盘道村的民居。沈伯韩摄影

2018 年 9 月 13 日，正在维修的盘道村村道。沈伯韩摄影

第二节　盘道村的小日子

与松岭村紧邻的是盘道村。这里是松江镇的一个深度贫困村，比松岭村条件更差一些，村里 213 公顷耕地全是旱田，127 个家庭中 55 户是建档立卡贫困户。

我们走了大半天，几乎没有看到年轻人的身影。

过去，村里有些劳力的人都巴望能在附近找到些修路架桥的活儿，在工地上打打零工，算是不错的额外收入。

村里有位老人叫张清旭，精准扶贫前，曾在地窖子里住了半个多世纪。两个地窖子背靠小山坡，一个当卧室，一个当厨房，树枝就是大门，没有电，也没有自来水。老头的性格孤僻在村里出了名，过去松江镇的干部曾多次想把他送进敬老院，可他死活不同意。

2016 年 3 月，来自吉林省卫计委的第一书记侯志国刚到盘道村时，也想让他搬出来，却碰了一鼻子灰。侯志国实在想不通，阴暗潮湿的地窖子究竟有什么值得留恋?

老头说，人不能离开土，离开了会生病。这个理由让人目瞪口呆。

为了让张清旭老人信任自己，侯志国三天两头跑去送吃送穿。怕老头寂寞，他送去了收音机，甚至还送了两只兔子。

2017 年的一天，老人忽然对侯志国说："我没儿子，你对我比亲儿子还好，以后我什么事都听你的。"此时，侯志国再次试探他搬家的意愿，老人竟然同意了，那年 10 月便搬进了新房。

在过去半个多世纪中，稻米和黄豆是盘道村村民收入的主要来源，村民也间或种些玉米、红小豆等杂粮。但地处山区，一遇到干旱，庄稼就面临减产甚至绝收。

要脱贫，得想办法增收。

村里产大豆，过去都是想法往外卖。侯志国和村民、村干部一商量，决定用黄豆和长白山优质的苏籽以"笨榨"的方式榨油。油坊由镇政府和

2018 年 9 月 13 日，盘道村里一名刚干完农活的村民。沈伯韩摄影

2018 年 10 月 5 日，盘道村。李龙俊摄影

吉林省卫计委共同出资，为盘道村“输血”。

所谓“笨榨”，是指用小型机械压榨工具榨油，跟大规模的工业压榨相比，出油率要低一些，但不经过化学精炼，更加绿色健康。市面上一般的豆油每斤 6.5 元，而这里的油能卖到 9 元钱，很快就赚回了本钱。到 2019 年，这个油坊已经累计盈利超过 60 万元。

除了榨油坊，这几年，侯志国还带着大家种起了大棚蔬菜，养起了跑山鸡，种起了大果榛子……贫困户的人均年收入从 2015 年的 2725 元增长到 2019 年的 14042 元。

一个穷村短短几年间就打了一个翻身仗，让很多人羡慕不已。

2018 年，侯志国做了一个肾上腺肿瘤手术，术后 10 天就回到村里。有户贫困户给他送来一盘饺子，那天他没绷住，流泪了。

2019 年 1 月 20 日，周瑞平和夏美英夫妇站在自家小院前。沈伯韩摄影

第三节　一场大雪留下的爱情

时年 52 岁的周瑞平是盘道村里让人印象最深刻的一个。

他脸上总是带着笑，浑身都透着幸福。媳妇衣着讲究，家里收拾得一尘不染，虽然都年过 50，两人对视的眼神中却还分明带着初恋般的甜蜜。

周瑞平也是幼年时代跟随父母“闯关东”而来，老家在山东诸城。

彼时的盘道村，居住着六七十户居民，绝大多数是山东移民，他们早年来到这里，成立了大队，与当地几户零星的“原住民”逐渐融为一体。作为“盲流”的周瑞平一家经历了很长时间才被真正接纳。村里召开了几次社员大会，前后历时 2 年，申请落户的报告改了又改，最终才被接纳到村里安家落户。

那时的周瑞平年纪尚幼，他说，即使是在希望最渺茫的时候，父亲也从未动过回去的念头。老人们告诉他，在老家时人们靠吃地瓜干果腹，是因为挨饿才离开。在这里，自己开荒总能解决温饱。“既然出来了，就绝不再回去。”

1988 年，周瑞平 20 岁，到了该娶媳妇的年纪。父亲在松江镇上做小生意，把镇上的房子租给了来自万宝镇的一个施工队。带队的人姓夏，有个女儿叫夏美英，负责给大伙做饭。姑娘模样乖巧，做起饭来手脚麻利，一眼就被周瑞平父亲相中，回家跟老婆儿子一合计，立刻托了几个媒人去说亲。

在夏老爷子看来，周瑞平也是个实在人，虽然知道盘道村苦，也没有特别反对。但周瑞平对这门亲事并没有太大的把握——毕竟，夏美英出生的万宝镇是一个能种水稻的地方，在安图县算得上数一数二的富庶之地。而盘道村，土地既少又薄，连电都没有，谁愿来这里受委屈？

这年冬天，在媒人的劝说下，夏美英跟着母亲一起决定去盘道村看看。从松江镇到盘道村有 20 多里路，坡陡弯急，吓得夏美英不敢骑车，生怕不小心就摔到山坡下，周瑞平也只好推着自行车，陪着母女俩走了 20 多里。

2019 年 12 月，通往盘道村的路被大雪覆盖。李伟摄影

2019 年 1 月 21 日，周瑞平家的庄稼地已经收割完毕。沈伯韩摄影

一走进周家院门，夏美英的心就凉了半截。虽说作为“闯关东”来的移民，每个人都活得不易，当解决温饱成为头等大事的时候，很难再顾得全面子上的整洁。但是，这个没有水、没有电，院里还有一个大坑的家把夏美英吓了一跳。

夏美英也生在农村，祖上也是“闯关东”来的移民。她的母亲是干家务的一把好手，除了照顾一家老小，家中里里外外都收拾得干干净净，丝毫不亚于城里人。从小到大，家里的院子从来都是扫得溜光，柴火堆都码放得整整齐齐。而周瑞平家却丝毫看不出过日子的样子，她抬脚想走，可天色已晚，无法再走 20 多里夜路，只能将就一夜。

那一夜，夏美英在炕上翻来覆去，被子看样子也很久没有洗过，只好翻了较为干净的一面盖身上，凑合到了天亮。“交个朋友可以，处对象没门儿。”她暗自决定。

次日，怏怏的周瑞平送她们回到了松江镇，母女俩本打算直接回万宝镇，却被一场大雪拦住了去路。大客车停运，夏美英和母亲只好又在周家在镇上的屋里住了两晚。并不死心的周老爷子撺掇着儿子带美英去看电影。

几天相处下来，夏美英发现，其实周瑞平人很实在，想法、性格都跟自己挺合拍，渐渐松了口。回到娘家，两人继续通过书信保持着联系，加上家里的老人也不反对，不久之后便把亲事定了下来。

夏美英原本可以有其他的选择。安图县到处都是林场，20 世纪八九十年代，正是东北的木头经济最红火的年代，去林场工作是很多人梦寐以求的事情。农村姑娘愿意找林场工人，夏美英身边也不乏介绍亲事的媒人。可她觉得，自己来自农村，更愿意找个和自己差不多的农村小伙了共度此生。用她的话说，这样才不受气，没有距离。

1989 年的正月十六，夏美英嫁到了周家。

村里的路深一脚浅一脚，雨天拔不出脚，下雪天更是难走。过去在家只是做做家务，来到了盘道村，她开始下地干活。周瑞平是家中老大，除了孝敬公婆，夏美英还要照顾弟弟妹妹，家里每个人都穿过她织的毛衣——她的颈椎病从此落下。

婚后两年，小夫妻合计着与父母分家，却遭到了家里的强烈反对。第三年，夫妻俩的坚持让父母意识到，已经强留不住。3 间小草房和那垧收成不好的山地是夫妻俩从家里分得的所有财产。“连粮食都没有留下一斤。”

2019 年 1 月 21 日，周瑞平家的庄稼地已经收割完毕。沈伯韩摄影

夏美英没有哭也没有闹。冬天，小草房的墙上了冻，厨房里头的酸菜缸也上了冻。“只要饿不死，能有属于自己的小家，苦点也没关系。”她对丈夫说。

人勤地不懒，日复一日，他们起早贪黑地在地里忙碌，农忙时早晨三四点钟就得起床，直忙到天黑才回家。有月光的时候，他们趁着月色收割玉米，直到夜里10点多钟才收工。

他们养过猪，一次猪瘟让夫妻俩血本无归。他们也承包过别人家的地来种，夏天还去山里采蘑菇……

嫁到盘道村30年，村里跑过好几个媳妇。有些直接扔下孩子跑得无影无踪，有些改嫁到条件更好的地方。夏美英曾经也希望能搬到松江镇上去，可周瑞平总是舍不得。

“你已经喜欢这个人了，他不愿意走也不能逼着他走，是吧？只有我来妥协了。”30年后，当52岁的夏美英坐在一尘不染的炕上，讲起这些往事时，脸上洋溢的仍是少女般的笑容。

她说，自己也后悔过嫁来这里，特别是在分家那些年，公公婆婆的种种刁难让人想起就委屈落泪，可是对周瑞平这个人，从来没有后悔过。30年来，他们吵过嘴，却从来没有打骂过对方。

周瑞平比夏美英小2岁，可是媳妇眼里的他，一直像兄长一样为她挡风遮雨。女儿周佳丽总说：“爸爸就是精明，知道对我妈好就赢了，对我妈好，一切都好了。”

在农村，很多人相伴一生从未将“爱”

2019 年 10 月，周瑞平在庄稼地里收割玉米。李伟摄影

2019 年 1 月 21 日，周瑞平在家里的场院晾晒玉米棒子。沈伯韩摄影

2019 年 10 月，夏美英在庄稼地里收割玉米。李伟摄影

2019 年 1 月 21 日，周瑞平在家里喂牛。沈伯韩摄影

2019 年 1 月 20 日，周瑞平说起妻子，眼圈有些红。沈伯韩摄影

2019 年 1 月 21 日，周瑞平在家里做饭。沈伯韩摄影

字说出过口。在生存面前，“爱”是一个奢侈的字眼。但周瑞平夫妇是例外，他们的爱即便不说出来，旁人也能看到。

如今在家里，周瑞平几乎把里里外外的活都包揽下来。妻子除了在春种秋收的时候搭把手，其余时候很少下地。周瑞平说，30 年来，已经让妻子受了太多苦和委屈，不能再让她这把年纪再继续受累。

讲到这，他眼圈一红，擦起了眼泪。

早些年，妻子带女儿回娘家探亲的时候，周瑞平曾在信里称她为“亲爱的美英”。直到今天，他看妻子的眼睛里仍漾着满满柔情。

年复一年，小鸡仔长成大公鸡，黄牛生下小牛犊，土地黄了又绿……任凭花花世界变化，他们守着家园，恋着土地，延续着祖辈们的轨迹，在盘道村努力扎下生命的根系。

夫妇俩只生了一个女儿，谈起她，两人都是一脸幸福的表情。

女儿 7 岁时，夏美英曾带她去地里播种玉米。来回两趟，女儿直喊脖子疼。她告诉女儿，妈妈就是这么过来的，要想不脖子疼，就得好好上学，考上大学，混个出息。

2019年1月20日，周瑞平和夏美英夫妇坐在家里的炕上聊天，周瑞平说到情深处，情不自禁地搂住了妻子。沈伯韩摄影

从小到大，女儿没让父母操过心。大学毕业后，她去了内蒙古工作。两年前，因为牵挂父母，她又回到老家，在延吉市找了一份新工作。虽然薪资大不如前，但离家、离父母近，让她踏实、满足。

童年时代，由于父母忙于生计，她在姥姥家生活的时间很长。她说，这或多或少造成了她性格里的一些胆怯和孤僻。但她也意识到，不能过多沉溺于儿时的分离焦虑，所谓长大成人，是要懂得认识到自己的缺陷，努力挣脱原生家庭影响的宿命，做出改变。

从内蒙古回到延边后不久，她认识了现在的丈夫——中国电信公司的一名普通职员。他让周佳丽倾心的原因也很简单：三观相投，实实在在。

没有收彩礼，也没有为难女婿，2018 年，周家欢天喜地地把女儿嫁了。孩子离开娘家的那一刻，周瑞平偷偷抹起了眼泪。

“只要人品好，对我好，让我心不累，即便物质条件没那么好，也是值得的。人不能太贪心，不能什么都想要。”在延吉市一幢略显陈旧的居民楼里，怀孕 5 个月的周佳丽说话的神情像极了母亲。

半个多世纪前，周家的祖辈们一定不曾想到，在举家迁徙几十年后，子孙能如此眷恋一片“他乡”之地。

周瑞平说，如果没有媳妇，他绝对不会相信在盘道村的日子，能像如今这样幸福。“幸福是我们一起奋斗出来的。”他说。

傍晚寒风呼啸，周瑞平家中的蟹爪兰开得正欢。30 年前贴在柜子上的喜字有些旧了，但依然可见喜庆的大红色。厨房里的玉米馍馍就要出锅，蒸腾的水雾温暖湿润，似乎能驱散长白山亘古不绝的寒冷。

2019 年 1 月 22 日，已怀有 5 个多月身孕的周佳丽下班后，丈夫开车将其接回家。李伟摄影

2019 年 1 月 22 日，周佳丽的丈夫下厨为她做饭。沈伯韩摄影

2019 年 1 月 22 日，周佳丽家的书柜上摆放着她制作的刺绣，上面写着“愿小宝健康快乐”的字样。沈伯韩摄影

2019 年 10 月 23 日，周佳丽夫妇陪他们的孩子玩耍。李伟摄影

第二章

告别山城里

2017 年 9 月 6 日，山城里附近的乡村风景。金光永摄影

2019 年 12 月 28 日，在新居里的金莲玉。李伟摄影

2019 年 12 月 28 日，在新居里的金兴龙。沈伯韩摄影

在延边州延吉市东郊，有一座渤海国时期的古城遗址——城子山古城遗址。城子山遗址下，是一个叫“山城里”的小村庄。

铁路从村边穿过，列车去往长春、大连、北京……但距离村民最近的月台，在 15 公里外的延吉市。一条乡村土路是通往外面世界的唯一通道，这里距最近的长途汽车站点步行也需要 1 个多小时。

山城里过去有 30 多户人家，由于这里太偏僻了，到现在为止，山城里只剩下最后一户朝鲜族人家。82 岁的金兴龙和 75 岁的金莲玉夫妇成了山城里最后的守望者。

这对老夫妻都曾经有过一段不幸的婚姻。

金莲玉的老家在延吉市小营镇小营村，年少时曾经上过学，一直念到初二。读书的时光至今是老人最美好的记忆。“班主任是个帅哥，能歌善舞，还会拉手风琴。学校组织我们跳舞，我不愿意跳，躲到课桌下面，还被老师拉出来，一点一点教，直到我学会……”提起那些闪亮的日子，老人眼睛里闪着光。

“如果那时候能好好把书念下去，我的人生将不一样。”遗憾的是，家里太穷，无法支持她。

金兴龙没有上过学，记工分的年代里，常常因为不识字吃亏。1962年，他俩结婚后不久，从老家搬到了山城里，一住就是半个多世纪。他们都没有从上一段婚姻中获得孩子的抚养权，婚后生了一个儿子。

在山城里，他们日出而作，日落而息。春天播种，夏天耕耘，秋天收获，冬天“猫冬”。日子艰辛而平静（参见第66—67页“金兴龙、金莲玉夫妇在山城里的生活日常”组图）。

他们的儿子成人后远赴韩国打工，定期寄一些钱回国。生活开始慢慢好转。但是，一次事故让儿子失去了右眼，左手也落下残疾，只能回国。

儿子回来后，用多年的积蓄在延吉市买了一套房子，一直没有娶上媳妇的他，盼望着能守着父母，为他们养老送终。2018年，愈发孤寂的山城里不再适合年迈的老夫妻，在儿子的劝说下，他们搬进了新居（参见第68—70页“金兴龙、金莲玉夫妇在延吉新居的生活日常”组图）。

自此，山城里成了一座空无一人的荒村。

搬家后不久，一场车祸夺走了43岁儿子的生命。他们感叹命运不济，但活着，生活依然要继续。

随着城镇化发展，延吉变得越来越大。城子山遗址如今正在进行考古发掘，未来的山城里或将成为一个旅游景点。

社区的工作人员时常会来家看看，也有志愿者常来问寒问暖。老人说，也幸好是生活在今天，虽然失去了儿子，但还不至于老无所依。

携手走过半个多世纪，夫妇俩依然支撑着彼此，是彼此唯一的亲人。天气好的日子，他们还会去山城里的老宅看看，甚至把炕烧好，住上一夜。

这辈子，他们相濡以沫，形影不离。这样的陪伴，就像这座老宅之于山城里，就算有一天消失，也永远刻在记忆里。

2019 年 1 月 26 日，山城里的石碑。随着金兴龙、金莲玉老两口搬走，这里彻底成了荒废的村庄。李伟摄影

2019 年 12 月 28 日，金兴龙、金莲玉老两口在山城里的旧居锁上了门。房子经年居住，门和窗都有些歪斜了。沈伯韩摄影

2019 年 12 月 28 日，金兴龙、金莲玉老两口在山城里的旧居院子里堆放着的破旧家具。李伟摄影

◎ 金兴龙、金莲玉夫妇在山城里的生活日常

01	02
03	04
05	06

01 2017 年 7 月 30 日，金兴龙换上朝鲜族民族服装，与山城里的碑石拍摄合影。金光永摄影

02 2017 年 8 月 30 日清晨，金兴龙在自家小院里生火做早饭。金光永摄影

03 2017 年 7 月 31 日清晨，金兴龙吃过早饭后在自家田地里做农活。金光永摄影

04 2017 年 9 月 7 日，金莲玉在自家小院里晾晒辣椒。金光永摄影

05 2017 年 9 月 7 日傍晚，金兴龙、金莲玉老两口给晾晒的辣椒盖上防雨布，防止下雨把辣椒淋坏。金永摄影

06 2017 年 7 月 25 日，金兴龙老两口使用的生产、生活工具。金光永摄影

◎ 金兴龙、金莲玉夫妇在山城里的生活日常

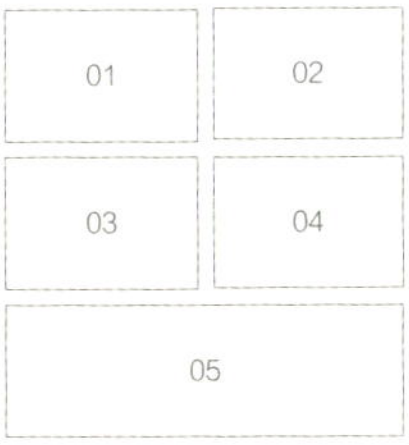

01 2017 年 7 月 30 日，傍晚拍摄的金兴龙家的朝鲜族传统老屋。金光永摄影

02 2017 年 8 月 24 日，金莲玉在家里打扫卫生。金光永摄影

03 2017 年 7 月 25 日，金兴龙帮着老伴准备午饭。金光永摄影

04 2018 年 3 月 15 日，金兴龙从地窖里取出自家做的泡菜。金光永摄影

05 2018 年 3 月 15 日，金兴龙、金莲玉老两口准备出门。金光永摄影

◎ 金兴龙、金莲玉夫妇在延吉新居的生活日常

2019 年 12 月 28 日，坐在新居客厅铺的地垫上的金兴龙和金莲玉老两口。尽管住进了楼房，他们还是保持着很多在旧居里的生活习惯。李伟摄影

2019 年 12 月 28 日，金兴龙在新居的卧室照看种的花。沈伯韩摄影

2019 年 12 月 28 日，金莲玉在给泡发的豆芽换水。尽管住进了楼房，他们还是保持着很多在旧居里的生活习惯。李伟摄影

◎ 金兴龙、金莲玉夫妇在延吉新居的生活日常

01 2019 年 12 月 28 日，金兴龙、金莲玉老两口站在延吉市区的新居楼门口。沈伯韩摄影

02 2019 年 12 月 28 日，金兴龙坐在新居客厅铺的地垫上吃药。沈伯韩摄影

03 2019 年 12 月 28 日，金兴龙的新居客厅墙上挂了 3 个时钟，指示的时间各不一样，他们也分不清到底哪个时钟坏了。沈伯韩摄影

◎ 金兴龙、金莲玉夫妇在延吉新居的生活日常

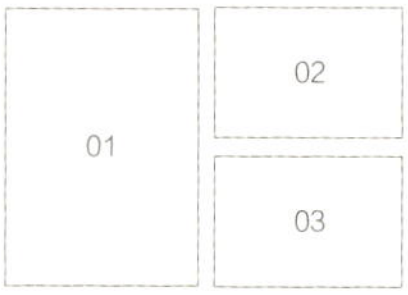

01　2019 年 12 月 28 日，老人新居外的树上晾着一些用来做辣白菜的大白菜。沈伯韩摄影

02　2019 年 12 月 28 日，客厅里摆着金莲玉用毛线制作的装饰“花”。沈伯韩摄影

03　2019 年 12 月 28 日，卧室床上摆着的金莲玉曾经穿过的朝鲜族传统服装。沈伯韩摄影

第三章

林海淘“金”记

2019 年 12 月 22 日，张德智公司的桑黄大棚被积雪覆盖。沈伯韩摄影

森林有“黄金”，其名曰“桑黄”。桑黄，始载于《药性论》。《本草图经》云：“桑耳一名桑黄，有黄熟陈白者，又有金色者，皆可用。”

这种寄生于桑树树干的真菌，被中医认为具有重要的药用价值，在抗癌抗肿瘤方面，是国际公认的生物领域药用真菌，价格不菲。

在吉林省东部长白山区的茫茫林海中，近年来出现了一批特殊的淘“金”者。他们中有林区停伐后对未来茫然失措的林业工人，有曾在贫困线上挣扎多年的普通农民，也有心怀创业梦想的年轻人。他们将桑黄从原始森林请进了一栋栋大棚，在一次次试验后，终于用双手培育出珍贵的“森林黄金”，在长白山下铺就出一条金色的希望之路。

黑土地上造“黄金”

2017 年，一位来自安图县新合乡青沟子村的年轻人张德智，放弃了县城一家事业单位的工作，回到老家创业。

张德智生在农村，长在农村，父母至今都在种地。辽阔的黑土地是他儿时的游乐场，也是他长大成人后梦开始的地方。

从地图上看，安图县地处延边朝鲜族自治州西南部，面积大，农业人口多。作为老少边穷地区，这里在 2002 年被确定为国家级贫困县。

过去，由于经济基础薄弱，扶贫产业少，许多村屯因为人口流失而成为“空心村”，这其中也有张德智从小生长的青沟子村。

除了种植传统的农作物，种植人参曾寄

附近的村民在张德智公司的桑黄大棚里管理培植桑黄的菌段。沈伯韩摄影

附近的村民在张德智公司的桑黄大棚里管理培植桑黄的菌段。沈伯韩摄影

张德智公司的桑黄大棚里，培植桑黄的菌段上已经生出长势喜人的桑黄。来年开春，这里将能产出高品质的桑黄。沈伯韩摄影

2020 年 6 月 23 日，在张德智公司的桑黄大棚里，工人正在管理已经生发出来的桑黄。张德智供图

托着父辈们的增收希望。

2017 年，决定创业的张德智最初也将目光投向了人参，却因为品种、销售等问题失败了。“价格太贱，卖不出好价钱。”

决定辞职前，他曾做了家里人一年的思想工作，“我当时就想背水一战。”

首次创业失败，很多人都来劝他：“回去上班多好，好好的工作不干，回来当农民，能有什么出息？”他心里却始终较着劲。“人参不行，那就种别的！我就不信这么好的地里长不出好东西！”

当时，邻乡有几个人合伙种起了桑黄，品种来自韩国，张德智跑去看。别人告诉他，桑黄不与人争粮，不与粮争地，不与地争肥，不与农争时，不与其他争资源。可是，桑黄虽好，起初并没有在安图县打响名气。“可能是技术原因，长得并不好。当时由于信息闭塞，也一直找不到销路。”

脑子活络的张德智当起了中间商，也从中发现了商机。就在邻乡“第一个吃螃蟹”的人放弃桑黄种植之后，张德智决定自己试试。

为了找技术支持，他上网查资料，了解到全国最大的桑黄企业在杭州，他两次跑过去找企业谈合作。“这家企业在全国有 8 个基地，我们基地是 7 号基地。企业负责研究菌种，中国科学院负责产品开发和检测。”张德智的神情间颇有些自豪。

基地建设整合了东西部协作的援建资金和贫困村集体资金，企业的技术员实施统一技术管理，成熟后统一采收、销售和分红。

“现在全国很多地方都在发展桑黄，但很多地方用的是锯末培育，我们用的是柞木段，这最接近野生桑树的生长环境，长出来的桑黄是精品。”张德智对自己的产品很有信心。每吨按 52 万元的保底价收购，这也让老百姓心里有了底。

来到桑黄扶贫车间的时候，正值寒冬。张德智把办公室设置在车间隔壁。桑黄茶是他日常的饮品。

“不是吹牛，我们有许多实实在在的案例，证明了桑黄的抗癌功效。”他说。

扶贫车间里，七八位村民正在忙活。冬天做菌段，4 月中旬下棚，他们手里忙活的正是最重要的一环——做菌段。

39 岁的村民王忠善家里种了两垧地，过去除去成本，收入只够填饱肚

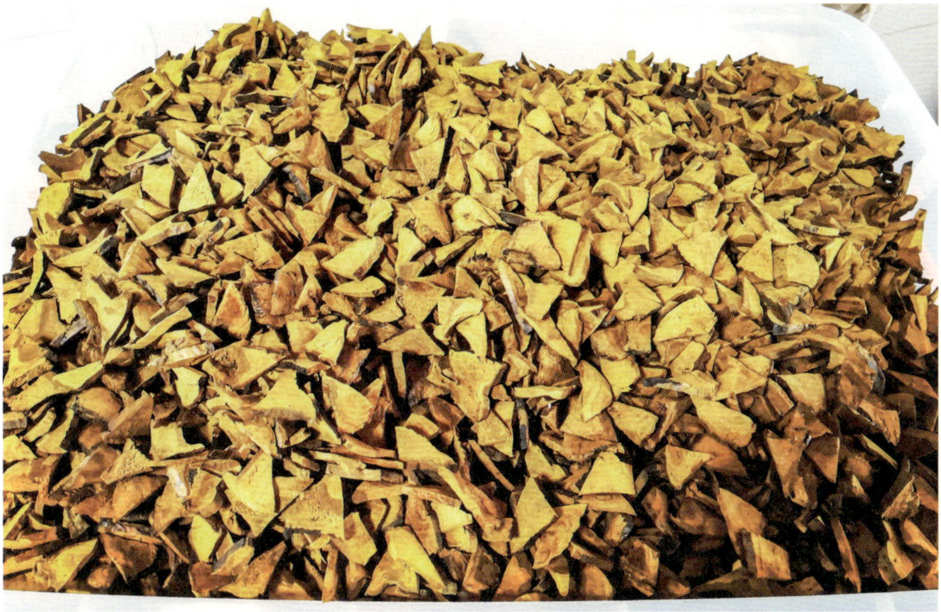

2019 年 10 月 11 日，从张德智公司桑黄大棚里采收出的桑黄被加工成适合进行深加工的小片。张德智供图

子。现在，他在扶贫车间里工作一天的工资是 150 元，一年下来能轻松挣到一万六七千元。“现在家里买了一辆小面包车，不用在基地干活的时候就跑跑运输。人勤快就能多些收入。”他说。最近家里刚有了老三，这让他更有期盼和动力。

2018 年以来，青沟子村桑黄产业的发展，带动了附近多个村屯的 300 多贫困户就业，每户年均收入增加近 1 万元。

扶贫车间的名气也传到了附近的松江镇，很多村民都慕名而来，他们问张德智：“能不能把我们也带一带？”

“乡里乡亲的，我告诉他们，这是回报乡里，没问题！”

从 2017 年决定回乡创业，张德智的辞职申请足足拖了两年才获批。

很多人不理解这样的决绝，单位也一直挽留这个脑子活、做事踏实的年轻人，虽然停发了工资，但还留着位置，直到 2019 年 1 月 6 日，眼见张德智心意已决，才正式同意他辞职。

但是，刚办妥辞职的事，意外就来了。

2019 年 3 月 25 日清晨 6 点，工人正准备干活的时候，桑黄菌室突然起火。菌室里都是柞木段，加上春季空气干燥，短短20分钟，干柴遇到烈火，桑黄菌室中的8万段菌段化为灰烬，损失接近200万元。

“心都碎了。”直到现在，提起大火，张德智眼里仍有一些黯然。

灭了火，收拾了现场，还有些蒙的张德智立刻联系企业，报告损失。当天下午，杭州公司技术人员就赶到了安图。不幸中的万幸，他们从菌室中抢救出1万多袋幸存的菌段。

当天，乡里也当即统一协调重新选址。这让张德智稍稍放了点心。“教训太惨痛了，只能清理战场重新干。”从那天起，一切归零，从头开始。

“你看，我们现在又干起来了。有国家和乡亲们支持，没啥好怕的。这条路走下去，绝不后悔！”说这话的时候，张德智手中的桑黄茶正袅袅冒着热气。

林场淘“金”

就在青沟子乡的桑黄产业步入正轨的时候，长白山下的八家子林业局也开始了林海淘“金”。

作为一家老森工企业，八家子林业局曾经是远近闻名的“好单位”。林业局始建于1948年，总经营面积155966公顷，森林覆盖率达到93.14%。地处风景如画的海兰江中游，地跨和龙、安图两市（县），空气清新，山清水秀。

2015年，东北林区停止商业性采伐，曾经油锯轰鸣的林区刹那间归于宁静。林业企业何去何从？变局之下，八家子林业局的干部职工有些看不清未来的方向。其实，早在停伐之前，林业局就开始了谋变。几代人和林子打交道，能不能利用林区资源和设施做些什么？

2014年8月，林业局党委书记孙成忠率领278名职工“揭竿而起”，众筹300万元，林业局配套创业基金300万元，成立了延边兴林生物科技有限公司，开始在长白山下“造梦”——一个林业企业转型发展之梦，一个带动地区群众脱贫致富之梦。

创业之初，百废待兴。

厂区所在地原是棚改拆迁之地，断壁残垣，破墙烂瓦，一片狼藉。企业职工只能边建设边生产。3个月后，2015年1月8日，兴林公司生产车间投入使用，一座现代化食药用菌车间在废墟中崛起。

经过近 6 年的努力，如今，这家公司建成了 9125 平方米的菌种繁育车间，拥有 6900 亩的药用菌及林下中药材绿色产业基地。

其中的一个车间里，一位 50 岁的大姐颇为健谈。她 1999 年下岗，生活一直很艰难。“自从有了木耳加工车间，能打些零工，家里的情况有了些改善。”

时值隆冬，车间里氤氲着温湿的水汽。器械轰隆，人们说话必须提高嗓门。大姐的额头上不知是水珠还是汗，她有些疲惫，眼神却很明亮。这是一张被生活洗礼过，却很倔强的脸。

一车车被锯成小段的柞木不断被拉进车间。工人用机器熟练地从柞木的截面开始切割，每段都分成四瓣，然后交到另外的工人手中。他们以一种长期实践确定好的、既不太多也不太少的分量将柞木段装进特制的塑料袋，再往其中填些锯末，装上水，最后封袋装箱。整个流程如行云流水，据说手脚最麻利的人一天能装 1000 袋。

女工按件计酬，普通人一个月能够挣到 3000 多元。在集中装袋的冬季，这样的工作要持续 3 个月。对于大多数女工来说，来车间装袋，赚取一份额外的收入，足以支撑起一家人的生活。

这些年来，在兴林公司带动下，八家子林业局地区以木材生产为主的汽运处贮木场、设计队、检查总站等单位投入到全民创业，纷纷谋划转型路，各种合作社应运而生，机关小车队成立了“山里红”合作社，以兴林公司为平台，培植地栽木耳。腰团林场成立“益林合作社”发展农作物，保证了林场职工在生产淡季都有活干。通过实行“公司 + 专业合作社(基地)+ 职工(农户)”的产业模式，成立专业合作社 51 个，形成食用菌、药用菌和地区转型 3 类创业园区、17 个创业基地，安排季节性岗位工人近 100 名，带动了 500 余名职工创业创收。

2015 年，在探索食用菌种植过程中，桑黄进入兴林公司的视野。

林区百姓多年来习惯于种植木耳、蘑菇等传统食用菌，桑黄的巨大价值一直没有被发现。八家子林业局党委书记孙成忠对当时发现桑黄时的兴奋记忆犹新：“桑黄营养价值高，市场空间大，这不正是林区产业转型的新希望吗？”

但是资金、技术、销路从何而来？面对一系列难题，桑黄产业一度推进缓慢。

2019 年 12 月 25 日，在延边朝鲜族自治州和龙市八家子镇，无人机航拍的八家子林业局创办的延边兴林生物科技有限公司的桑黄大棚。沈伯韩摄影

2019年12月25日，延边兴林生物科技有限公司的桑黄生产基地里，曾经的林业工人用切割机将锯成小段的柞木切割成4瓣，然后放在传送带上交给下一个工序的工人。这是制作桑黄菌袋的第一步。沈伯韩摄影

曾经的林业工人将锯成小段的柞木装在特制的塑料袋里，再往其中填些锯末。这是制作桑黄菌袋的第二步。沈伯韩摄影

工人将锯成小段的柞木装在特制的塑料袋里，再往其中填些锯末。这是填好锯末的菌袋。沈伯韩摄影

曾经的林业工人往填好锯末的菌袋里装水。这是制作桑黄菌袋的第三步。沈伯韩摄影

曾经的林业工人将装好水的菌袋封袋装箱。这是制作桑黄菌袋的最后一步。沈伯韩摄影

2019 年 12 月 25 日，在延边兴林生物科技有限公司的桑黄生产基地里，工人将制作好的菌袋运到菌种培养车间。在这样具备一定温度和湿度条件的车间里，菌袋中培养出桑黄菌，之后就能将菌袋移到大棚里继续生发出高品质的桑黄。沈伯韩摄影

转机出现在2016年。

这一年，兴林公司所在的和龙市与宁波市鄞州区结成东西部扶贫协作的帮扶对子。在多方考察调研的基础上，鄞州与和龙决定把桑黄种植作为产业扶贫的重点。

通过投入专项资金，一座座大棚建起，一袋袋菌袋落地，东西部扶贫车间建成，让人们看到了淘“金”希望。随着一朵朵桑黄“绽放”，效益逐渐显现，林区的转型项目也带动了地方产业扶贫。

2019年，兴林公司小批量预售桑黄收入达52万元，公司向所在的八家子镇1158名贫困人口统筹分配，同时吸纳建档立卡贫困人口就业32人。

为了更好地让贫困户受益，在桑黄产业扶贫中，兴林公司与贫困户签订了产品回收合同。公司做产业的“两端”，即前端科技含量高、风险大的制菌环节由公司负责；后端产品回收、加工和销售由公司负责；中端的3年培育，公司提供技术服务和培训指导，由贫困户负责完成，以保障贫困户的收益。

“一年是‘小面包’，两年是‘小拳头’，三年就是‘金疙瘩’了！”兴林公司的技术员李志广说。大棚里，深棕色的桑黄菌包埋在土里。“由于冬季气温在0℃以下，桑黄正处于‘冬眠’状态，这些黑色网纱帮助它们保持湿度，防止风干。”

市场中的摸爬滚打，给林区人上了一堂鲜活生动的“科技课”。兴林公司不仅与吉林省内相关院校合作，还寻求到中国工程院院士、吉林农业大学教授李玉团队的技术支撑，建立起桑黄产业国家创新联盟和桑黄研究院。

目前，在院士团队指导下，一个包括菌种选育、扩繁、栽培、采收、加工、销售在内的完整的桑黄产业全链条已现雏形。

亿元“桑”机

林业的转型也带动了地方的脱贫增收。

经过几年的探索发展，当地桑黄产业已经形成了公司出“技术+市场”、八家子镇出“土地+劳力”、东西部协作出“资金”的开发模式——由公司全程负责指导桑黄种植的技术以及产出收购，八家子镇提供桑黄种植土地及贫困人口劳动力，东西部扶贫协作安排帮扶资金。

2019 年 12 月 25 日，延边兴林生物科技有限公司的桑黄生产基地里，一座座培植桑黄的大棚排列整齐。沈伯韩摄影

工人将制作好的菌袋运到菌种培养车间并摆放到铁架上。沈伯韩摄影

2019 年 12 月 25 日，在延边兴林生物科技有限公司桑黄生产基地里，工人在桑黄大棚里查看菌袋里的桑黄生长情况。沈伯韩摄影

菌袋里的桑黄长势喜人。沈伯韩摄影

在“保底收益＋按股分红”的分配机制下，和龙市 6 个贫困村集体入股公司，1037 个贫困户受益。

兴林公司还对和龙市南坪镇兴盛生物科技有限公司和八家子镇众益开发投资有限公司两家扶贫企业及基地菌袋实行托管，确保扶贫资金收益，同时带动周边村屯桑黄种植发展。

来自天桥岭的冷广田过去是延吉一汽大众公司的销售人员，一次偶然的机会知道了桑黄，便辞去工作，在兴林公司学习两个月后，回到家乡创业，建起了 4 座桑黄大棚，栽培了 2 万袋桑黄。

在和龙市龙城镇泉水村，20 座桑黄大棚预计两年后产量可达 1.08 万斤，总利润 91.6 万元，承载着老百姓的增收希望。

截至 2019 年底，兴林公司已与 156 户林农户、45 个专业合作社、9 个村集体及多个公司合作，并投资 500 万元在汪清县大兴沟林业局组建了延边兴旺生物科技有限公司，且与宁波市鄞州区对接规划建设 450 亩的扶贫基地。

2017 年，和龙市南坪镇车厂村利用省委办公厅发放的 680 万元扶贫资金组建了和龙兴盛生物科技有限公司，建设桑黄和天麻种植大棚 80 座。兴林公司帮忙规划，提供技术、运营支持等，车厂村及部分周边村村民均可参与种植，在生产过程中增加收入。

同年，为了调查生长周期为 3 年的桑黄是否适合扶贫，和龙市龙城镇泉水村选派有劳动能力的 10 名贫困村民到延边兴林生物科技有限公司“取经”。在得到该公司负责产业前端菌种、菌段培育，以及后端产品回收、加工、销售，贫困户负责中端管理培养的承诺后，村民们都跃跃欲试，希望桑黄产业能帮助大家脱贫致富。“为了更好地种植桑黄，2019 年我们还成立了和龙市福润泉农业发展有限公司。”泉水村党支部驻村第一书记李双福一脸笑意。

产业带动、利益联动、效益共享的发展机制使桑黄产业蓬勃发展。谈及产业未来，兴林公司董事长孙成忠信心满满：“下一步将在政府主导下，集中打造八家子桑黄特色小镇，按照‘小而特，小而美，小而精’的建设理念，打造集桑黄菌产业、桑黄文化、桑黄旅游和社区功能于一体的综合体，继续建设完善桑黄研究院、桑黄菌种繁育中心、桑黄栽培基地、桑黄系列产品加工、桑黄交易中心、桑黄文化旅游区、泉水洞桑黄康养基地、泉水洞生态林产品基地 8 大板块，建立起系统集成、协同高效的桑黄产业联合体。”

如今，在八家子镇桑黄种植基地的示范带动下，和龙市已将桑黄产业列入全市重点培育发展的特色产业。“到 2021 年，我们要把八家子镇建成桑黄特色小镇，桑黄种植发展到 35 公顷 216 万袋，年产值争取做到上亿元。”八家子镇党委书记姜豪的眼中充满了期待。

第四章

八家子往事

2019 年 12 月 27 日清晨，在延边朝鲜族自治州和龙市八家子镇，晨光熹微中的八家子林业局办公大楼。沈伯韩摄影

2019 年 12 月 25 日，仲乡林场的办公楼。沈伯韩摄影

石文广 55 岁了。

除去 3 年的军营岁月，他生命的轨迹一直都在长白山下的茫茫林海中延伸。

父母、兄弟、姐妹、妻女……所有与他血脉相连的人都生活在这里。

他是为森林而生的人。

林海记忆

离 2020 年的新年还有 6 天，仲乡林场刚下过一场大雪。

这个坐落在华集岭下古洞河畔的林场面积 1.1 万公顷，隶属于八家子林业局。石文广在此已度过了 33 年的岁月。

伐木的岁月里，他和家人就住在林场场部，妻子也是林区职工，夫妻俩工作之余还开着一家小卖部。家，就在隔壁。

如今，房子有些破败了，窗户冻着厚厚的霜。如果不是要回来找些老物件给我们看，他绝不会在冬天走进这个没烧炕的小屋。

前几年，他在镇上买了房子，但怀念林场的清净，夏天也会回来住。

窗外，雪已经铺成白茫茫一片。场部四周没有一点声音。

15 公里之外，就是八家子林业局的场部所在地八家子镇。传说这个地方因为过去只有 8 户人家而得名。是先有林业局还是先有八家子镇，年轻一辈的人各执一词。但可以确定的是，因为林业局的建立，这里年复一年聚集了不低的人气。

林业局始建于 1948 年，总经营面积 15.6 万公顷，其中九成面积是森林。长白山南麓的茫茫林海，承载着区域内 1.8 万人的生计。

从延吉市开车到此，不用 1 小时。很近，又好像很远。

森林，是这片土地上最大的资源。过去 70 多年，林业局在此建起了商店、学校、工厂。但林业局的办公大楼仍是镇上最宏伟的建筑。

冬天的镇上有些冷清，不到下午 6 点天就黑了，很快马路上便看不到什么人。它看上去与东北其他地方的乡镇似乎没有什么区别，在冬天里，显得有些寂寥。

然而，这里的居民们仍旧保持着许多城镇中早已消失的熟悉。陌生人见面，用不了几句攀谈便能找到亲近的理由，或是同事，或是同学，或者父辈是同事、同学……就连饭馆、商店的老板，出租车司机，卖菜的老农，

2019 年 12 月 25 日，在仲乡林场拍摄的大棚和已经封冻的鱼塘。沈伯韩摄影

2019 年 12 月 25 日，仲乡林场的一栋旧办公楼被改造成了桑黄生产车间，为了提高室内温度而点着火炉。李伟摄影

2019 年 12 月 25 日，一辆森林消防车停靠在仲乡林场办公楼前的广场上。仲乡林场虽然已经停止商业性采伐，但日常的管护工作依然毫不放松。李伟摄影

2019 年 12 月 25 日，林场工人家的大棚。仲乡林场已停止商业性采伐，林业工人也随之转行，纷纷发展林下经济、养殖等，以不断提高收入。沈伯韩摄影

2019 年 12 月 25 日，林场工人家养的鹅。沈伯韩摄影

2019 年 12 月 25 日，林场工人的家。沈伯韩摄影

2019 年 12 月 25 日，外墙写有“安全第一”“注意防火”字样的小房子。仲乡林场虽然已经停止商业性采伐，但日常的管护工作依然毫不放松。李伟摄影

也或多或少与林业局有些或远或近的联系。

车，慢慢地开。饭，慢慢地吃。时间，在这里似乎也慢了下来。

石文广说话也慢慢地。

从镇上回到林场，他是为了巡山（参见第118—120页“石文广巡山日常”组图）。

清晨6点起床，来到15公里外的仲乡林场，气温更低了。-25℃，睫毛冻起了冰晶，不停刮来的寒风穿透层层衣服的包裹，将寒气塞进骨缝。虽然隔着厚厚的手套和雪地靴，指尖和脚尖很快都冻得生痛。

红松、落叶松、沙松……在白雪的包裹下，所有的树木似乎都变成了一个样子。目之所及，不见一人，耳旁只有嘶鸣的风声和积雪窸窸窣窣落下的声音。

无论寒暑，石文广每个月都要巡上几次山，496公顷的林区里，他有自己固定的路线。春秋两季，巡山以防火为主。冬天则侧重看有无乱砍滥伐盗伐，有无给野生动物下的套，以及阔叶林里有无鼠害……

才走出去不到1小时，他就在一棵红松下发现一个铁丝做的圈套。他小心翼翼地迈过去，除掉上面的机关，把圈套装进了随身携带的背包。

就在走出去几步远的地方，他发现了狍子的脚印。解开这个圈套，意味着它在森林里的生存少了一份危险。

石文广有些开心。

这些年来，他愈发悲天悯人。每解开一个圈套，他觉得都是在积累福报。在林区生活了一辈子，曾经近30年的伐木生活给他留下了很多后遗症——胃病、气管炎、关节炎……他说，这是过去砍树砍得太多的报应。

伐木岁月

石文广出生的1965年，正值中国在中西部地区的13个省、自治区启动“三线建设”——一场旨在转变工业布局、提升战备能力而进行的大规模的国防、科技、工业和交通基础建设。东北、内蒙古林区拥有中国最丰富的天然林资源，建设需要的木材有许多来自这里。

无数的参天大树，在斧头和油锯下变成当时急需的铁路枕木、矿井棚架、炼钢的木炭，以及后来当地高速增长的GDP和财政收入。

石文广的父亲是林场的老工人，负责后勤做饭。18岁从学校毕业后，

石文广巡山走过的森林。李伟摄影

01	02
03	04

01　1977 年，八家子林业局标兵——升平林场的夏新亮背着油锯出工。八家子林业局供图
02　两名林业工人在八家子林业局下属林场采伐。八家子林业局供图
03　在八家子林业局下属仲乡林场，工人将木材吊装上运输车准备运出。八家子林业局供图
04　在八家子林业局的楞场，检验员和锯手一起研究如何合理造材。八家子林业局供图

石文广回到林场待业，从那时起就跟着老工人打枝、清林。19 岁那年，国家号召参军入伍，石文广当了兵，3 年后又回到了林场。

“本想不回来，这里太苦、太冷了。可是，一家人都在这里，我也对这里有感情啊。”那时，他的哥哥、姐姐也都到了林场工作。集材、打枝、清林……全家人的日子都是围着木材转。

回到林场后，他跟着老工人干了两三年，打枝、捆木、集材……都是一些相对简单的工作。23 岁那年，石文广开始学习采伐。

那时候油锯刚刚来到仲乡林场，还是个新鲜玩意。一把油锯 1000 多元钱，一般林场用不起，石文广年纪轻轻便能用上油锯，有了这份光荣，让很多人羡慕不已。但他刚拎起油锯的时候也经常“跑锯”，练习了很久才掌握要领。

采伐都在冬天进行。从 10 月开始修道、盖工棚，11 月正式开工，一直采到次年 3 月。开春后的 4 月是清理伐区的季节，过后就是造林、抚育……采伐季，元旦前后的日子最难熬，气温降到 –41℃—–38℃。而在相对“暖和”的时候，气温也在 –30℃上下。

工队里各有分工——采伐、集材、归楞，各司其职。每天清晨 5 点半吃饭，6 点就出工。油锯手带着油锯，副手背上油桶，带上钳子、扳手、螺丝刀等一干工具。一个油锯加满油后有 30 斤，一顶安全帽有 4 斤，再加上大棉衣、大棉鞋……光是把这些东西穿戴在身上就足以让一个普通人气喘吁吁。而石文广还得干活。11 点半，就地生火热饭。铝制的饭盒里的饭菜早已冻成冰块，必须在火上化开。吃过饭，12 点半再继续干，一直要干到下午 5 点。

每一次倒桩前，都要万分小心地观察坡度、风向、枝丫走向……丝毫不注意就会出危险。石文广曾经亲眼看见过一个 40 多岁的工人在倒桩时被树桩砸中，“当场就炸开了一摊血”。他见过很多人受伤，血肉模糊的场景见过许多次。倒桩之后，便是打枝，再用拖拉机加索带把锯倒的木材拉走……

油锯的轰鸣、倒桩刹那的一声“嗖”，打枝时清脆的枝丫折断声，以及木材在林间小道上留下的一道道痕迹，成了石文广永恒的记忆。他能通过气味辨别不同的树种，也能瞟一眼就判断树的年龄。

森林，就是他的江湖。

01	02
03	04

01 在八家子林业局的楞场，工人在归楞。八家子林业局供图

02 在八家子林业局的楞场，采伐来的木材已经被商品化归楞。八家子林业局供图

03 在八家子林业局的贮木场，工人用人力将木材装车。八家子林业局供图

04 在八家子林业局的贮木场，工人使用机械将木材装车。八家子林业局供图

他至今对那次险些丢掉性命的采伐记忆犹新：那是一个 45° 的陡坡，树的直径有 1.5 米。石文广当时脚下一滑没站住，眼看朝着倒桩的地方溜下去，幸亏身边的副手一把拉住了他……

虽然危险，但石文广却没舍得放下油锯。1995 年，他一个月的工资是 1000 元，采 1 立方米木头挣 7.5 元，他一天能采 80 立方米，除去 100 元油钱，收入不错。

“还有一个原因就是，采倒一棵树的乐趣，谁也体会不了！当前面两三棵树倒的方向都达到 30° 左右，不可能再倒回来的时候，我就在这些树后面的最高处留一棵枝丫多一些的树，然后开始倒桩，前面的树就会像多米诺骨牌一样接着倒下去，那种壮观带来的成就感什么都比不上！”

多米诺骨牌式的倒桩也许是石文广青年时代最热衷的游戏。他说话间就手舞足蹈起来。

新中国成立以来，在千千万万个石文广这样的伐木工的双手下，中国累计采伐天然林木材约 110 亿立方米，为经济建设做出巨大贡献的同时，砍伐也导致林区生态日益恶化。

1998 年，中国在长江上游、黄河上中游地区全面停止天然林商品性采伐，在东北、内蒙古等重点国有林区大幅度调减木材产量，天然林保护的序幕从此拉开。2014 年 4 月 1 日，在长江上游、黄河上中游地区继续执行停伐的基础上，龙江森工集团和大兴安岭林业集团全面停止了木材商业性采伐。2015 年 4 月 1 日起，内蒙古、吉林、长白山森工集团全面停止了木材商业性采伐，河北省被纳入停伐试点……

停伐之后

停伐的消息传到八家子林业局时，石文广有点蒙。

这意味着林业局有近一半的职工面临转岗。有一段时间，林业局领导的办公室门口总是站着迷惘的职工。停伐第一年，因工资收入降低，八家子林业局所属的长白山森工集团一夜之间多了 7412 名困难职工、1462 名特困职工。

虽然在 2014 年，早已嗅到变局的林业局就开始了转型，成立兴林公司、发展林下经济、搞旅游开发……但对砍了一辈子树的石文广来说，在接近 50 岁的年纪转行，常常焦虑得难以入眠。

石文广曾经住过的房间里摆放着女儿小时候的照片和一本笔记本。石文广在这本笔记本上详细记录了自己曾经的一些工作内容、家里开的商店的运营情况，以及家里的收入情况等。李伟摄影

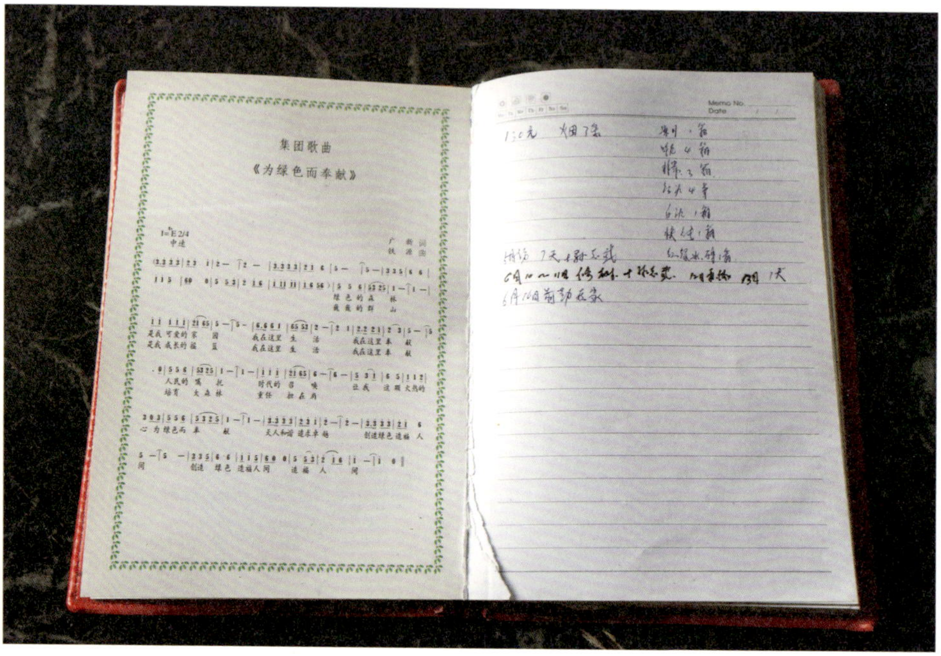

石文广的笔记本上，印着中国吉林森工集团的歌曲《为绿色而奉献》。沈伯韩摄影

石文广曾经住过的房间如今成了储藏室，放着一些他曾经使用过的伐木工具。沈伯韩摄影

石文广曾经住过的房间如今成了储藏室，放着一些他曾经使用过的伐木工具。沈伯韩摄影

2019年12月27日清晨，在八家子镇，晨曦照亮了锅炉烟囱冒出的烟，东北清冷的一天就在这样的早晨开始了。沈伯韩摄影

他记得，伐倒最后一棵树时，他曾轻抚树墩，细数年轮。那天之后，他再也没有砍过一棵树。

油锯被锁进了库房，林区再也听不见拖拉机的轰隆声，工棚也不用再搭起。过去的学校、公检法移交给了地方，转产也悄然进行。

石文广再也不用冒着生命危险去倒桩。没有了沉重的油锯，他走路快了不少。但新的任务又来了——在曾经大树倒下的地方，他们开始栽种树苗。

这像是命运的嘲弄。前半生是砍，后半生是种。石文广不知道，这辈子的意义在哪儿。他渺小得像茫茫林海中的一片树叶。

停伐之后，石文广的收入少了一大半。更困扰他的是，年过半百的岁数，自己还能干什么？

过去在部队的时候，他当过炊事兵，炒得一手好菜。刚停伐的时候，同在林场工作的媳妇曾试图劝他去大点的地方开个饭馆，彻底离开。但一年一年耽误下来，他没有走。

“一辈子在这里，就好像树长在这里了一样。”他知道，自己离不开这片森林。

过去一起采伐的工友，很多留有伤残，也有去世的，到现在还好好活着的没剩下几个了。石文广的左手也在采伐中永远失去了一根手指。那些与油锯为伴的岁月，很难回首，却又常常让他在梦中故地重游。

“采伐累的是身体，造林累的是心。”从伐木工变成护林员，他得努力适应。“过去伐倒一棵树龄超过 150 年、直径 1.2 米到 1.4 米的红松，我用不了 5 分钟。现在种下一棵树苗，4 年才长那么一点。”他比画着，就像在描述一个孩子。

“每次种下一棵树苗我都会想，它能不能长大，能不能长到我当年砍的那么大？即使能，我也永远看不到了。现在回头看，没有规划地砍树，就都是作孽啊。”

石文广可能并不清楚，他是站在历史转折点上的人。重点国有林区的停伐，意味着中国 100 多年来向森林过度索取的历史宣告结束，林区从开发利用转入全面保护的新阶段。

林场新生

“八家子最早的桑黄种植是从我们这个林场开始的。”石文广说。

2014 年成立的兴林公司，开始为转型探路。仲乡林场成为桑黄试种的第一站。

八家子林业局鼓励工人自主创业，提供帮扶资金、技术培训，将转产后闲置的场地给职工优先使用，还无偿提供运输服务……林业局也开始制定职工脱贫规划，计划用 5 年时间，实现“除突患重大疾病、突发重大灾难和意外事故等特殊情况外，实现全部脱贫”的目标。

停伐前，林业局下属的升平林场曾是木材生产大户。停伐后，开始转向地栽木耳。头一年，林场牵头，部分职工集资入股，10 万袋木耳第一年就卖出了 39 万元。

有了成功经验，其他观望的职工也纷纷“下海”。第二年，51 名林场

2019年12月26日，在八家子林业局区域内的老里克湖景区外，前来游览的车辆在公路上排出了长长的队伍。沈伯韩摄影

职工全部集资入股，培育地栽木耳 30 万袋。股份按每股 2000 元平均分配，51 名职工以相同的金额入股。职工收入采取“股金分红 + 工时酬劳”的方式进行分配，所有人同工同酬，由林场根据实际情况进行统一安排。为了帮助困难职工，升平林场在忙不过来的时候优先雇用困难职工家属。

先锋林场则将目光投向了旅游开发。林场辖区内的仙峰国家级森林公园成了生活重启的地方。14 名林场职工集资入股，成立了“山里红合作社”，林场闲置的房屋几经改造，成了旅游超市和能容下 100 多人就餐的饭店。

老里克湖、雪岭、睡佛山，这些藏在林区的秘境，在过去 5 年里已成为长白山脚下最新的旅游目的地。入冬后的周末和节假日里，景区外的公路常被大巴车堵得水泄不通。石文广的妻子成了地陪导游，入冬第一场雪后，几乎每天都忙着带上各式各样的客人去老里克湖，顺便拍拍小视频发到直播平台上。

石文广依然没有离开林场。

秋天打松子，春天采松茸，养林蛙，养牛，养蜜蜂……他的生计依然紧紧依附于这片熟悉的森林。他养了 40 多箱蜜蜂，春季采乔木杂花蜜，7 月采椴树蜜，秋天采杂花蜜，一年能卖出 3000 多斤蜂蜜，仅这一项收入就近 6 万元。

入冬之后，他每次到林场，都要去看看蜂箱的通气口是否被大雪掩埋、是否上霜。蜂箱全部用木板、锯末包裹起来，在里面沉睡的蜜蜂，是来年生活的希望。

2019 年 12 月 26 日，在老里克湖景区拍摄的被大雪覆盖的白雪公主故事卡通人物塑像。沈伯韩摄影

01	02
03	04
05	06

01　2019年12月26日，在老里克湖景区，附近的村民在这里变身为景区职工，驾驶马拉爬犁带着游客游玩。沈伯韩摄影

02　2019年12月26日，在老里克湖景区，马拉爬犁经过的地方，留下了深深的痕迹。沈伯韩摄影

03　2019年12月26日，在老里克湖景区，游客在景区深处的一座木屋里休息。沈伯韩摄影

04　2019年12月26日，在老里克湖景区，附近的村民在这里变身为景区职工，身着仿制的“东北抗日联军军服”，向游客兜售柿饼、松子、糖等特产，以及烤玉米等小吃。沈伯韩摄影

05—06　2019年12月26日，在老里克湖景区，游客享受雪趣。沈伯韩摄影

01　2019 年 12 月 26 日，雪岭景区的景点导览图。沈伯韩摄影

02　2019 年 12 月 26 日，雪岭景区的雪中小木屋，该木屋曾是国内某部著名电视剧的取景地。沈伯韩摄影

03　2019 年 12 月 26 日，在雪岭景区为游客设置的卫生间。沈伯韩摄影

04　2019 年 12 月 26 日，在雪岭景区，工作人员驾驶雪地摩托穿行于雪原。沈伯韩摄影

05　2019 年 12 月 26 日，在雪岭景区，一名负责滑雪项目的工作人员在等待游客。沈伯韩摄影

06　2019 年 12 月 26 日，在雪岭景区，工作人员驾驶马拉爬犁穿行于雪原。沈伯韩摄影

这些年，石文广的收入远远超过了停伐之前。在他看来，命运真是很难言说的东西。

这些年，他又送走了几位老哥们儿，也时常暗自神伤。“人这一辈子太短，我不愿去太多地方。城市是热闹，但是守着这片林子，心底里的东西才不会失去。”

2018 年，他劝说北漂了 3 年的女儿回到林业局工作。“我有私心，希望孩子在跟前，太远会挂念。”27 岁的石靖钰如今是八家子林业局的出纳。她说，安静的小镇生活让她心安而幸福，需要热闹的时候，可以约上三五好友去 1 小时车程外的州府。

“工作很好，家人很好，我也很好。”她的眼睛里有同龄人少有的沉静。

除了当兵那几年，石文广这辈子没有离开过延边。2018 年，他们全家 3 口开车去了一趟山海关。“那是第一次全家一起出游，虽然大部分时间奔波在路上，但是很开心。”

2019 年 12 月 27 日，石文广在安放自家蜂箱的小院子扫雪。沈伯韩摄影

2019 年 12 月 27 日，石文广查看蜜蜂过冬的情况。沈伯韩摄影

2019 年 12 月 27 日，石文广查看蜜蜂过冬的情况。沈伯韩摄影

2019 年 12 月 26 日，在八家子林业局办公大楼，石文广的女儿石靖钰在办公室工作。沈伯韩摄影

◎ 石文广巡山日常

01	02
03	04
05	06

01　2019 年 12 月 27 日清晨，石文广在八家子镇家中吃早饭。吃罢，他就要回到离家 15 公里外的仲乡林场去完成他的例行冬季巡山工作。沈伯韩摄影

02　妻子帮着石文广在家中收拾巡山用的装备。沈伯韩摄影

03　石文广在自家开的仲乡商店边的房间里换上巡山穿的厚衣裤和厚棉鞋。李伟摄影

04　石文广背好巡山时用的饭盒和水壶。沈伯韩摄影

05　石文广准备停当，从自家开的仲乡商店出发，前去巡山。同为林场职工的石文广的妻子则准备出发去老里克湖。她目前是地陪导游，入冬第一场雪后，几乎每天都忙着带上各式各样的客人去老里克湖，顺便拍拍小视频发到直播平台上。沈伯韩摄影

06　石文广走在前去巡山的路上。沈伯韩摄影

◎ 石文广巡山日常

01 2019年12月27日，在仲乡林场，石文广巡山路边山坡上的指示牌上面写着“白石洞 吊水壶”字样。沈伯韩摄影

02 石文广在巡山时翻过一道铁丝网栅栏。这道栅栏是为了防止人随意进出林区。沈伯韩摄影

03 石文广在巡山时查看树木生长情况。沈伯韩摄影

04 石文广在巡山时查看人们遗留在森林里的简易棚子，以判断是不是有人来这里盗采盗猎。沈伯韩摄影

05 石文广在巡山时发现一只鸟的尸体。李伟摄影

◎ 石文广巡山日常

石文广在林区巡山。林区里有的地方比较难走，需要穿过这种长满杂草和灌木的地方。沈伯韩摄影

石文广在巡山时发现一个铁丝做的圈套，解开这个圈套让他有些开心。沈伯韩摄影

第五章

林场行记

2018 年 9 月，在前往延边州安图县的路上远眺长白山，近处则是郁郁葱葱的森林。李伟摄影

提到东北，提到吉林，首先映入人们脑海的就是莽莽林海，以及对那无尽的绿色海洋及其中发生的种种故事的怀想。

20 世纪五六十年代，数以万计的森工队伍开进深山，打碎了森林的千古幽梦。无数参天大树，变成了国家急需的铁路枕木、矿井棚架、炼钢的木炭，以及后来当地高速增长的 GDP 和财政收入。

林业在吉林曾经很繁荣，林场与林业工人都曾风光一时。

1998 年特大洪灾过后，党中央果断决定长江上游彻底停止天然林商品性采伐，实施天然林资源保护工程，森工企业全面转产，投入植树造林和封山育林。2015 年，吉林省重点国有林区全面停止商业性采伐，轰鸣作响的油锯、悠长的“木帮号子”成为历史，习惯了在大山里作业的伐木工们面临着职业上的转型，只能另谋生计。

延边州汪清县大兴沟镇是大兴沟林场场部所在地。漫步于小镇之中，随处可见很多老居民区，有些平房还在用着木栅栏，一些房子已无人居住。小镇边上，一条长长的铁轨蜿蜒伸向远方，它曾经是这个小镇与外界交流沟通的重要通道——从外面运来的煤炭供这里的人们生产生活之用，从林场里砍伐来的木头，通过铁路运往外地。

当地人告诉我们：“以前在大兴沟还是挺方便的，这里原来有客运列车 2167 次，从图们到牡丹江，经过大兴沟。可惜现在这班列车停运了，可能是旅客少的缘故吧。”

“大兴沟原来人很多，这里有贮木场、

2019 年 10 月，大兴沟镇的老房子。李伟摄影

2018 年 9 月 14 日，大兴沟镇的老房子与窄窄的村道。李伟摄影

2018 年 9 月 14 日，大兴沟镇的老房子。沈伯韩摄影

2018 年 9 月 14 日，小镇边上的铁路，曾是大兴沟镇与外界连通的主要通道，如今还能见到停放在这里的火车头、车厢等。沈伯韩摄影

2019 年 1 月 25 日，大兴沟镇的旧建筑。李伟摄影

2019 年 1 月 25 日，大兴沟镇边的河已经结冰。李伟摄影

2019 年 10 月，大兴沟镇里的村民。李伟摄影

检修厂、汽车队。现在为了孩子上学，很多人都在汪清县城里买房子，人们都离开大兴沟了。”提起大兴沟现在的状况，人们言语间多少有些唏嘘。

这个小镇还保留着旧时光的痕迹……

林业工人生活的改变，是东北时代变迁的一个缩影。从某种程度上来说，这并不是一件坏事，转型带来的经济收益让很多人过上了更好的日子。其中，延边州敦化市新兴林场的探索就是典型范例之一。

在新兴林场，昔日的伐木工变身今日的护林员。“开山大吉”的大字还贴在伐木工人曾经居住的木屋里，却早已不见那些挥汗如雨的身影。过去油锯、卡车、机械轰鸣的森林，如今只留下风吹过的林涛声。

祭山、倒树、去枝、归楞……成了老工人津津乐道的青春记忆。

老去的伐木工们的身后，如今是成片的黑木耳。明晃晃的太阳下，老人听着广播剧，享受着收获秋耳的快乐。

这里除了眷恋美好旧时光的林场职工，还有前来“寻宝”的商人、打工者。每年秋天，农民工成群结队来到这片森林“收山”。清早乘着拖拉

2018 年 9 月 10 日，新兴林场，昔日的林间空地变成了黑木耳生产基地。沈伯韩摄影

2018 年 9 月 10 日，新兴林场，工人们用来养蜜蜂的蜂箱。李伟摄影

2018 年 9 月 10 日，新兴林场，一名工人在森林里采摘蘑菇。沈伯韩摄影

2018 年 9 月 9 日，新兴林场，伐木工人曾经居住的木屋里还有们曾经使用过的伐木工具，这些具如今已派不上用场了。李伟摄

2018 年 9 月 9 日，新兴林场伐木工人曾经居住的木屋里挂着们外出工作时用来御寒的皮帽子厚大衣。沈伯韩摄影

2018 年 9 月 9 日，新兴林场来自辽宁铁岭的徐宝达在伐木工曾经居住的木屋外整理晾晒从森里采来的蘑菇。沈伯韩摄影

2018年9月9日，新兴林场，伐木工人曾经居住的木屋外晾着从森林里摘来的蘑菇。沈伯摄影

2018年9月9日，新兴林场，伐木工人曾经居住的木屋里，开山大吉”的大字还贴在墙上，出“收山”归来的工友们围坐一起吃晚饭。沈伯韩摄影

2018年9月9日，新兴林场，伐木工人曾经居住的木屋里，出“收山”归来的工友吃了晚后躺在床上玩手机、休息。沈韩摄影

2018年9月9日，新兴林场，工人在黑木耳生产基地采摘秋耳。沈伯韩摄影

机向密林深处进发，爬上高约30米的松树，用10米长的竹竿打落10米半径内的松塔，每天忙碌到太阳落山才回到宿营地。

“现在山上不让伐木了，山上的松木、椴木、柞木，长成树林都不容易。靠山吃山，我们每年秋天收山，收山也叫跑山或采山，山里光景好，各种山珍山货多，跟庄稼丰收似的。年景好，收山就好。年景不好，收山就差。”来自辽宁铁岭的崔洪宾说。

对于这些告别了家乡的土地、外出寻找新生活的人来说，起早贪黑、危险重重的工作是摆脱贫困的希望。

“现在还是松塔值钱，每斤松子能卖40元到45元。但打松塔都是高空作业，不少松树有二三十米高，挺危险的，得有技术才干得了。除了在松树上爬上爬下，有时候还得跳树。”崔洪宾的妻子徐宝达说。她每年都会跟随丈夫来到吉林的这片森林里打松子，收成好时能在这里连续干一个月。他们的儿子如今是一名通信行业的测试工程师，定居北京，生活距离林场、森林已经很远很远了。

第六章

龙泉村的两个书记一台“戏”

2019年12月23日，在龙泉村的阳光龙泉煎饼厂，龙泉村党支部书记李忠诚在整理已经包装好的煎饼产品。沈伯韩摄影

一个是北京的“厅官”，一个是长白山下土生土长的“九品芝麻官”，从2017年起，他们在延边州安图县明月镇的龙泉村凑到了一起。

村庄坐落在长白山脉腹地，三面环山，一面靠湖，远望如一条巨龙蜿蜒于崇山峻岭间，村内有一口百年老井日夜涌泉，故此得名“龙泉”。

一个是中央派来扶贫的村党支部第一书记，一个是老百姓选出来的村支部书记。在脱贫攻坚的战场上，两人一起唱了一台精彩的扶贫“大戏”。

从大老板到“芝麻官”

61岁的李忠诚看上去不像这个岁数的人，说起话来声如洪钟，走起路来脚下带风。1979年入伍，在部队待了6年的他身上有着深深的军人烙印，性子急，是个暴脾气。回乡当“村官”前，他已经在俄罗斯做了多年的生意，一年挣个百十来万元没有问题。

“其实回家是想休息休息，可是老百姓说，你是在这个村长大的，出去这么多年赚了钱，能不能领着我们也赚点钱？后来一考虑，我说行，干好干孬不知道，我就用心去做。”

2016 年 4 月 8 日，李忠诚高票当选龙泉村党支部书记。但摆在他面前的是一个让人挺头疼的“烂摊子”——村两委班子成员年龄偏大、文化程度偏低，分工不明确、履职不到位，是县里有名的软弱涣散村。老百姓热衷上访，遇着丁点大的事情就去告状。班子成员在群众中没有威信，说话群众也不爱听，村里没有集体经济，也没法得到群众的支持。每逢村里开会或上级部门来视察和调研，就有村民来“搅局”。在全镇 45 个村里，龙泉村的经济发展排名倒数第一。

经商多年，李忠诚知道，老百姓的怨气很大程度上来自日子过得不顺心。2015 年，龙泉村被确定为贫困村，全村在册人口 72 户、208 人中，贫困人口有 24 户 58 人，因病、因残致贫占比达到 80% 以上。多年来，这里一直是安图县扶贫的“上甘岭”，却一直处于“年年扶贫年年贫”的状况。

“国家的政策一直有，但是不知道为什么，龙泉村从未享受过。”在李忠诚看来，很大原因在于村两委班子软弱涣散，没人去操这份心，得过且过。上任后，李忠诚琢磨发展产业，让村子能自己造血。2016 年 10 月，村里盖起了蔬菜大棚，但是村里群众的工作依然难做。就在这个当口，村里来了一位“京官”。

从“京官”到“村官”

2017 年 8 月 25 日，55 岁的中央政策研究室副巡视员王平堂主动来到安图县龙泉村任党支部第一书记。和李忠诚一样，王平堂也有着深深的军旅生涯烙印。在部队 22 年，他当过战士，做过参谋，在团副政委任上转业后，任职中央政策研究室副巡视员。

当时报名任第一书记时，很多同事、朋友都很惊讶：“一个 50 多岁的副厅级干部到一个偏远山村担任第一书记，是不是脑袋进水了？”“再过几年就退休了，还到村里吃那个苦干啥？”但王平堂没有多做解释，只是在心里默默定下了一个目标——“一定要让这个小山村彻底变个样”。

从北京到龙泉，全程 1400 公里距离。

初到龙泉村时，他遇到的第一个坎儿就是艰苦的生活环境。村道坑坑洼洼，村子里污水横流、垃圾遍地，村民家院子杂乱无章、室内灶台烟熏火燎，这里的生活看不出个样子。

环境的脏乱差还不算什么，最要命的是东北的冬天能渗到骨头缝里的寒冷。驻村的第一个冬天，他睡在村部铁皮房子的土炕上，虽然炕烧得滚烫，但是空气是冰冷的。他只好把一个桌面卸下来，垫在褥子下面隔热，再把棉袄、大衣、棉裤一层层压在被子上。烧炕的电锅炉自动循环泵每 5 分钟工作一次，发出的轰鸣声让他彻夜难眠。

即便如此，村民却并不领情：“北京来的大官儿啊，连苞米水稻长啥样都分不清吧？”“大家伙儿看着吧，用不了两天半，一准儿就跑得没影儿了。”

让村民们意外的是，王平堂不仅没有走，还改善了“自己的”居住条件。原来，王平堂争取上级资金 98 万元，新建了一个 300 平方米的村部。村部配备了电脑、打印机、无线网络，条件在镇上也是数一数二。

农村富不富，关键在支部。但是，现实的问题是班子成员没有威信。

第一个月，他没开过一次会，也很少安排工作。村里慢慢开始有人议论：“新来的王书记啥也不干，就知道天天在村里瞎转。”实际上，他捧着小本，拿着调查问卷，开始了一家一户的调查摸底工作。村里只要有红白事，或盖房子等事，王平堂都去帮忙，三杯酒下肚，村民和他的心逐渐近了。

一个多月后，摸清楚民意的王平堂开了 4 个会。

村里大多数是妇女当家。“先要克服讲张家长李家短的坏风气，其次要管好自家人，有了好家风才有好民风。”为此，他开了妇女大会。

农村干部平时学习少，对职责模糊不清。为此，他开了班子会，手把手地帮班子成员每人设计了一份工作流程，每天、每周、每月、每季度、每半年、每年都应该干点什么，一一罗列出来。更多的工作制度建立起来，规矩有了，职责明了，支部一班人的心被凝聚起来。

对党员参加活动情况实行量化管理，并张榜公布；开展“对照承诺找差距，落实承诺见行动”等主题党日活动；建立党员学习制度，规范党员发展程序……通过定期召开的党员大会，大家参加活动的积极性逐渐提高了。

王平堂驻村之初，村民都争着当贫困户。他在村里树立了 7 个致富典型进行表彰，发放了大红花、荣誉证书、500 元奖金。他召开贫困户座谈会，开展营造好家风活动，引导大家“知足、争气、感恩”。两年下来，看到致富典型“有里有面”，村民们慢慢有了不等不靠的意识。

瞌睡遇到枕头

李忠诚说，王平堂是自己的贵人，自己想干事的时候，他正好就来到了龙泉村。

精准扶贫不是普惠政策，一些非贫困户对享受到政策的贫困户眼红，意见也很大。这让李忠诚意识到，只有发展村集体经济，让大家的腰包都鼓起来才行。王平堂来到村里之后，两人一拍即合，开始研究村集体经济。

龙泉村的居民很多是“闯关东”的后代，有吃煎饼的传统，村里的妇女们也有在家做煎饼的技术。2018 年，村里有人提出想搞个煎饼厂，两人眼前一亮：村集体经济，就从这个开始搞！

“企业我来干，你去弄钱。”经商多年的李忠诚对王平堂说。

说干就干，王平堂趁着回北京休息的时间，找到一位老乡兼好友——阳光保险的董事长张维功。听了老王的想法，张维功也很干脆：“扶贫光靠国家不行，企业需要履行社会责任，我信任你！”

很快，煎饼厂建起来了。

在龙泉村，两位书记有着明确的分工——李忠诚管村务，王平堂管党务和老百姓的思想工作。在李忠诚看来，村里老百姓的思想转变，主要是王平堂的功劳。从一件件小事，王平堂获得了群众的信任。

王平堂最初来到村里时，就从整治村容村貌着手。每天起床后，他干的第一件事就是从村口开始，将村内道路通通打扫一遍。没承想，“京官只会扫大街”的冷言冷语在村里流传开来。

王平堂并不在意这些嘲讽，风雨无阻地连扫了几个月。渐渐地，党员干部、村民们也都拿起扫把和他一起扫了起来。感觉时机已到，他便组织召开了村民代表大会，在全村实行门前“三包”制，评选“干净人家”。

激起村民的自尊心和自强心，正是王平堂想通过“干净人家”评比达到的目的，村民知耻后勇的劲头让王平堂欣慰不已。他的付出也得到了回报：如今，为了不弄脏村里的水泥路，村民们干完农活都将拖拉机停在村口，或将轮胎清洗干净再开回家……

村民邱某的儿子遭遇车祸，王平堂伸出援助之手；村民赵某身患癌症，王平堂号召班子成员捐钱资助……吃过百家饭，方知百家难。“京城”来的王平堂成了村民们的自家人。

“平堂书记比我小两岁，年龄相仿，都在部队待过，共同语言也挺多。

我俩性格相似，都是风风火火，跟农民打交道，需要一点魄力，光讲道理行不通。我俩配合得好，有时一个唱白脸，一个唱红脸，换着来。”

3 年下来，两个人成了“黄金搭档”。

他们有时也会开玩笑。“我常说，你看我当村支书工资一年 2 万元，你一个北京的‘厅官’加上边疆补贴，一个月当我干一年。咱俩干的是同样的活，真是不公平啊。”李忠诚说，“其实，如果是为了挣钱，真不来干这个‘村官’。我做了多年生意，这辈子不需要再去赚钱。儿女都是公务员，我也没什么牵挂和后顾之忧。我正好想干事，又有了一个‘厅官’的支持，我想做的事主要都由平堂帮着给实现了。我俩搭班子很完美。”

小村蝶变

在阳光保险资金的注入下，2018 年 7 月 12 日，龙泉村的煎饼厂开始动工，总投资 230 万元，面积 670 平方米，当年 10 月 20 日竣工投产，当年就赢利 22 万元。

如今，这个煎饼厂在满负荷生产的情况下每天能生产 2000 斤煎饼。推磨、做煎饼、叠煎饼……看似简单的流程中可有大学问。

51 岁的村民刘银铃是建档立卡贫困户，丈夫患有高血压干不了重活。自从有了这个煎饼厂，她靠做煎饼，一年能挣上 2 万多元。从把面糊倒上煎饼机，到完成一张香气四溢的煎饼，她只需 40 秒。作为一个“闯关东”的后代，她做梦也没想到这个在家做了一辈子的小手艺能成为养家糊口的真本事。

2019 年，小小的煎饼厂创造净利润近 57 万元。产品除了销售到延边州，上海、天津、大连等都有订单。“还有两个大订单正在谈，对方正在考察供应商，如果能做水果煎饼的话，产量就更大了。我们有 SCI 认证，能进到大超市去销售。”谈起小煎饼里的生意经，李忠诚滔滔不绝。

“煎饼厂的性质是自主经营的，分红我们自己说了算。精准扶贫的过程中，村民心里多多少少有过不平衡，我们通过分红缩小差距。”他说。

在两位书记看来，扶贫，关键在于让当地具备可持续造血的能力。“我们花了 230 万元建厂，如果当初把这笔钱给老百姓分掉，根本起不到作用。有了煎饼厂，把大家的积极性都调动起来了，还能源源不断地创收。”李忠诚说。

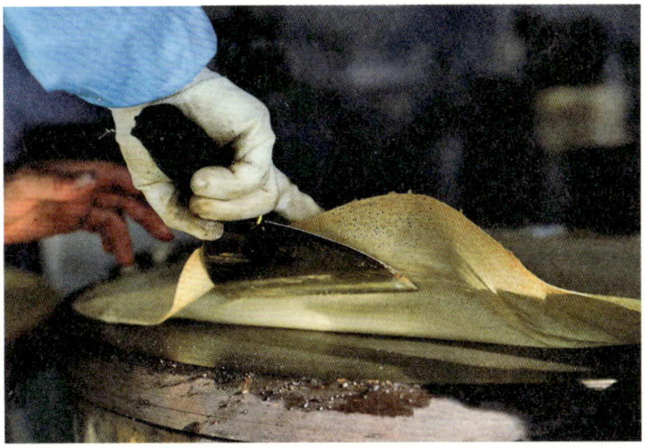

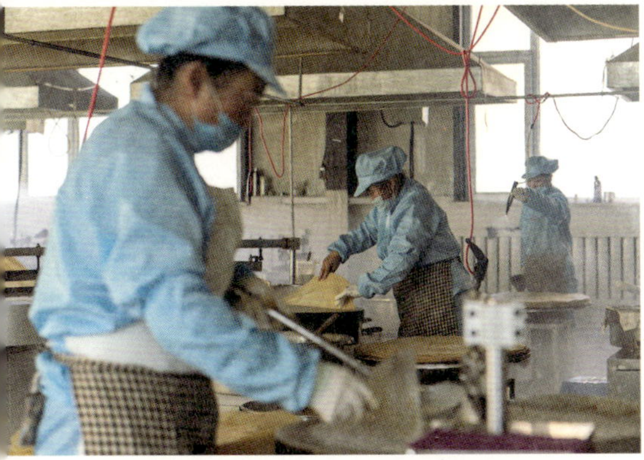

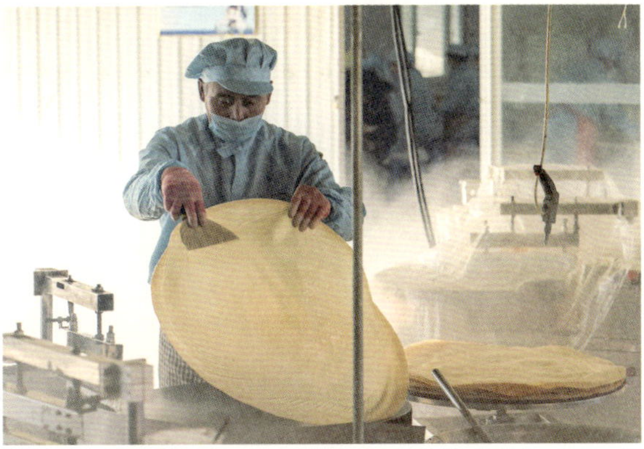

01	02
03	04
05	06

01—05　2019 年 12 月 23 日，在阳光龙泉煎饼厂车间，村民在制作煎饼。沈伯韩摄影

06　2019 年 12 月 23 日，在阳光龙泉煎饼厂车间，村民将做好的煎饼搬到包装车间。沈伯韩摄影

2019 年 12 月 23 日，在阳光龙泉煎饼厂车间，村民在包装刚做好的煎饼。沈伯韩摄影

2019 年 12 月 23 日，在阳光龙泉煎饼厂车间，村民在包装刚做好的煎饼。沈伯韩摄影

其实，煎饼厂只是发展村集体经济的第一步，煎饼厂建好后不久，两位书记又把目光投向了有机大米。“不怕东西贵，就怕吃不到绿色生态的好东西。”外地客户的一句话让王平堂嗅到了商机。

大米是东北的传统作物，但是完全不用化肥、农药的有机大米实属稀罕物。在龙泉村，就有5公顷年产4万斤有机大米的土地。“这样的一斤大米，成本每斤高达11.5元，为啥这么贵？因为是纯有机，光人工除草费就花了5万元！”李忠诚有些得意。

2018年，阳光保险认购了村里所有的有机大米，每斤卖到20元。如今，李忠诚琢磨着把村里的水田流转到集体，扩大有机大米的种植规模，再流转60公顷的旱田种水果。

“有机大米预计一年有30万元左右盈利，煎饼盈利50万元，对于一个70来户的小村子来说，非常可观！”

村道干净整洁，村里绿树成荫，家家户户窗明几净，老百姓腰包鼓了，心气顺了。今天的龙泉村，一切如王平堂当初暗自下的决心那样，彻底改变了模样。

“能不能让中央再派一个王平堂过来？”明月镇龙林村的老书记向镇党委书记李正龙提出了这样的请求。

龙泉村从原来的落后村一跃变成了远近闻名的先进村，而昔日的先进村龙林村却一直原地踏步，这让龙林村的乡亲们“吃起了醋”，他们催促老书记也向中央要一个像王平堂那样的驻村第一书记。

如果不是脱贫攻坚，王平堂这辈子都不会想到，已过天命之年的他还有机会扎根基层一线大干一番。见惯了“大阵仗”的他还会被村民送上的一穗玉米、一块豆腐、一把山野菜触动心底最柔软的地方。本来2018年8月他就可以回京，为了村庄，他又延期了1年。

2019年6月27日，李忠诚个人投资300多万元的龙泉山庄热热闹闹开业了。“能不能赚钱无所谓，就是为了把咱们的好东西在这里做好宣传。”山庄成了龙泉村特色产品的展示窗口，煎饼、大米和韭菜颇受游客欢迎。他还计划让村里每家每户腾出一间屋子来搞民宿，让游客吃到农家饭，住上农家屋。

李忠诚说，这些年来，明显感觉村民没过去那么“刁蛮”“爱找碴儿”了，村部门口常常收到不知谁送来的水豆腐、地瓜、玉米。静静的龙泉村，农民用他们最简单、直接的方式表达着感谢。

李忠诚说，2021 年，自己就该届满了。很多次他都对村里人说，太累了，盼着早退休，不想再管村里的事情。俄罗斯的生意这几年没顾得上，是时候去照应了。可村民却说：“你走到哪儿我们跟到哪儿，你要上俄罗斯，我们就去俄罗斯找你去。”

他讲述这一切的时候，眼里有光，笑中带泪。

2019 年 12 月 23 日，在阳光龙泉煎饼厂车间，村民在包装刚做好的煎饼。沈伯韩摄影

第七章

一位象帽舞者的独白

1952 年，朝鲜族演员在延边朝鲜族自治州成立庆祝大会上表演农乐舞。李光平供图

1957 年，延边朝鲜族民众在表演农乐舞。李光平供图

20 世纪 20 年代，朝鲜族民众在表演农乐舞。李光平供图

象帽舞，朝鲜族的一种传统舞蹈，相传它是由古代朝鲜族百姓在耕作时，将大象毛绑在帽尖上左右摇摆用来驱赶野兽的侵扰演变而来。还有一种传说是，古代朝鲜族狩猎时，在猎取野兽后，甩动发髻以示庆贺，久而久之，形成了朝鲜族特有的民族舞蹈表演形式。

如今，象帽舞仍在延边州汪清县一带有着较为深厚的群众基础。在节日、农闲时的集会上，仍能看到这种独特的舞姿。当舞者摇动色彩缤纷的“象帽”，长长的飘带画出一道道彩环时，总能引起男女老幼的欢呼。

对于了解朝鲜族文化的人来说，提起“象帽舞”，必然提到“农乐舞”，因为前者是后者不可或缺的一部分，更是最能体现后者水平的最高表现形式。

在延边，象帽舞的传承更被赋予了文化扶贫的意义。送传统文化下乡，为农村带去精神食粮，是脱贫攻坚进程中不可或缺的一部分。

虽然有着热爱它的土壤，但是象帽舞的发展仍然面临举步维艰的局面。

随着时代发展，传统文化受到冲击，象帽舞的传承和保护也面临着很大困难——一方面，有较高造诣的专业舞蹈人才老龄化严重，骨干人才流失、断档；另一方面，很少有人专注地练习象帽舞，专业人才越来越少。

为了保护和传承这一珍贵的民族艺术，被誉为“象帽舞之乡”的汪清县每年都要举办象帽舞培训班，培养象帽舞后备人才，同时还广泛开展象帽舞表演活动，推广和普及象帽舞。

在延吉市，我们慕名拜访了一位来自汪清县的象帽舞舞者韩相日，对他进行了访谈。他的默默耕耘，既是为他毕生追求却日渐寥落的舞蹈艺术传递薪火，也在通过这一古老的舞蹈，为文化扶贫贡献力量。以下为韩相日口述：

我出生在汪清县农村，20 世纪 70 年代时我还很小，记忆中村里有喜庆节日的时候，人们会背着长鼓、圆鼓一起欢庆，还会摇象帽。

每次看到摇象帽，我都看得入迷，我天天缠着大人们要学，久而久之，就有人开始教给我基本的动作。但是那时的我并没有真正的象帽，回家之后就打起了家里水瓢的主意。

我们朝鲜族的水瓢是用葫芦做的，我在上面钉钉子，打坏了好几个水瓢，被父亲训斥了一顿。后来，父亲帮我做了改良——用木头做个小柱头，安装在葫芦底部的中心，刷上木桐油，再用牛皮做的绳子绑上窗户纸，把

2008 年 9 月 16 日，在延边朝鲜族自治州汪清县，朝鲜族演员在表演农乐舞。李光平摄影

2012 年 8 月 5 日，在汪清县，1020 名演员同时旋转象帽舞彩带，创造了吉尼斯世界纪录。李光平摄影

纸带固定在柱头上，就成了一项象帽。

我16岁那年，汪清县文工团来我的学校招演员。学校有1000多名学生，我当时是班长，站在队伍前面领操，文工团老师看到之后选中了我。从此，我进入汪清县文工团，并在那里遇到了我的第一位象帽舞老师韩东国。

从那以后，我就开始苦练。

象帽分短、中、长3种。短象帽的帽杆有60—70厘米，彩条的长度约1—2米。中象帽帽杆长120—130厘米，彩条长度达5米多。长象帽帽杆能达到3米，只有功夫极深的人才能摇得动。

1987年，我们百草沟镇被命名为农民“象帽舞之乡”，那年我参加了1000人规模的象帽舞广场舞，见到了姜尚范老师，他给了我更多指导。

在文工团的那几年，我常常会到黑龙江乡下去演出，当时条件艰苦，需要自己带着灯光和所有道具。但每次演出观众都很热情，结束之后会杀牛杀猪，大家一起喝酒、吃肉，那些情景直到现在我都记得。

后来，我调到好几个乡镇去做文化站长。那期间，我除了跟老师学，自己也很努力地练。那时我也到小学教孩子们跳象帽舞，把我想出来的方法和韩东国老师教的方法结合起来，一边学，一边教。

1994年，我当百草沟文化站站长的时候，已经培养出很多学员，从幼儿园的孩子到老人都有。直到现在回到百草沟，很多70多岁的老人看到我，还会说“老师来了”。

那段日子，是我记忆中汪清县象帽舞最受欢迎的时候。我们常常去外省参加各种文艺会演，也常收到去州府延吉市演出的邀请。当时延吉有个宾馆叫白山大厦，很高级，我们的队员都是农民，能住在这样的地方特别高兴。

能跳自己喜欢的舞，把快乐带给别人，每一天都很开心。

1986年8月，在北京“全国首届民族民间音乐舞蹈比赛”中，韩相日表演的象帽舞《欢乐》荣获特别奖。至今说起，他仍十分骄傲。

从开始学习象帽舞，到开始传艺，中间只隔了几年。韩相日说，自己这辈子都是边学边教。2002年，他调动到延吉市河南街道任文化站站长，很快，街道的象帽舞队在他的号召和组织下成立起来。如今，象帽舞表演已成为河南街道的品牌表演节目。

2019 年 1 月 23 日，在延边朝鲜族自治州延吉市河南街道文化站，韩相日（前）身着朝鲜族民族服饰，为学员示范表演象帽舞。沈伯韩摄影

从艺 40 年，韩相日培养出来的学生已经有好几千人。其中不乏优秀人才，努力传承着这门独特的技艺。

每一次摇象帽的时候，我觉得自己就进入到另外一种心境里，很喜悦，很陶醉，有种难以描述的美好。我想把这种体验传递给更多人。

在我学习象帽舞的路上，遇到了很多真心支持我的人。记得 2009 年国庆 60 周年的时候，我接触到延边歌舞团国家一级编导宋美罗老师，当时她是《长白阿里郎》的总导演，希望我能教歌舞团象帽舞。我一个小小的文化站站长有幸参与到她的作品里，对我来说是莫大的鼓励，让我觉得自己做的事情很有意义。

最近这些年，我带出来的学生在全国各大卫视节目、晚会中多次出镜，在全国引起了不小的反响，还出国演出过，这些都是让自己觉得很欣慰的地方。

现在，河南街道成立了一个象帽舞基地，我在这里可以全心全意地培养学生。学生什么年龄段的都有，还有不少中老年妇女。

在过去朝鲜族的观念中，摇象帽是男人的专利，但我觉得，要传承就必须打破陈规。起初，这些大姐们的观念也一时半会儿转不过来，只能慢慢引导。

我刚开始教她们长鼓，一边教一边物色适合摇象帽的人。我告诉她们，象帽舞能治颈椎病，对身体好，慢慢引导下来，就有人愿意学了。

01	02
03	04
05	06

01—02　2019 年 12 月 20 日，韩相日展示用葫芦水瓢制作的象帽。沈伯韩摄影

03—04　2019 年 1 月 23 日，一名学员在练习象帽舞。沈伯韩摄影

05　2019 年 12 月 20 日，韩相日（前右）在指导学员练习象帽舞。李伟摄影

06　2019 年 12 月 20 日，韩相日（右一）在指导学员练习象帽舞。沈伯韩摄影

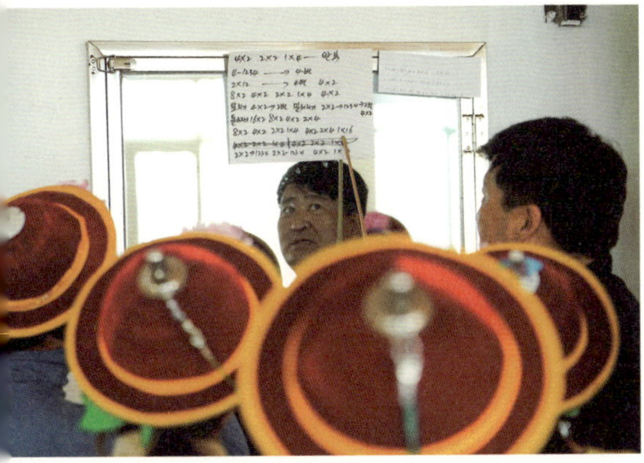

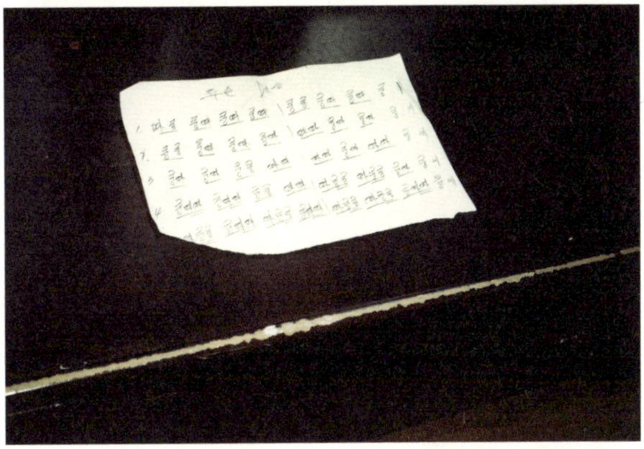

01　2019 年 12 月 20 日，韩相日（前）在指导学员练习象帽舞。沈伯韩摄影

02　2019 年 12 月 20 日，韩相日（右）在指导学员练习象帽舞。沈伯韩摄影

03　2019 年 12 月 20 日，韩相日（右一）在为学员讲解象帽舞编舞内容。沈伯韩摄影

04　2019 年 12 月 20 日，象帽舞编舞内容。李伟摄影

05　2019 年 1 月 23 日，韩相日在为学员打拍子，指导他们练习象帽舞。沈伯韩摄影

06　2019 年 1 月 23 日，韩相日（中）指导学员练习象帽舞。李伟摄影

虽然有40年的教学经验，但是现在觉得教象帽舞还是挺难。最大的挑战是教幼儿园的小朋友。有一次，珲春一个幼儿园邀请我去教象帽舞，提出要在10天时间里教会孩子们最简单的动作。孩子只有四五岁，戴上象帽不乱动就很不错了，何况还要摇起来。时间又紧，我心里很没把握。

为了让孩子们找感觉，我只好挨个抓着他们的脑袋，带着他们动，一点一点摸索。7天之后，大部分孩子找到了感觉，把象帽摇起来了。后来，他们还去参加了中央电视台的一个少儿节目，引起了轰动。

从北京回来之后，幼儿园园长让我一定要继续教下去。现在，每个星期日，我都会坐高铁去珲春教小朋友，已经坚持了两年。

学象帽舞是个苦差事。刚开始每个人身上都会被象帽上的长杆打得青一块紫一块。在找到感觉之前，坚持很难。但是，只要把一个月或者两个月坚持过来，就知道窍门了，可以教下面的动作了。

它就像学手风琴、钢琴一样，万事都是开头难，象帽舞更是有点枯燥。第一个月就只学一个正转，学会后再学一个月反转，接下来就是左右摇，这些基础一定要打好。

跳这个舞，从脚到头，全身都得动起来，对协调性要求很高，而且要踩着节拍，随着欢快的节奏动起来。排练的时候，经常会累得自己动不了。但是，正式演出时，一看到孩子们和大人们的象帽一起摇起来，我会感动得流眼泪，觉得一切都值得。

庆祝延边州成立60周年的时候，我们组织了1830个象帽手一起跳象帽舞，那个场面特别壮观。

精准扶贫这些年，响应“文化扶贫”的号召，韩相日也常常带着学员们去农村做一些公益性的演出。每当回到田间地头，他便觉得象帽舞真正回到了属于它的地方。

但是，让他有些无奈的是，随着越来越多的朝鲜族人走出国门，外出打工，农村喜爱和学习象帽舞的人已越来越少。他的儿子如今也在韩国打工，对象帽舞的兴趣不大，这让韩相日颇有些失望。

在他看来，象帽舞是诞生在劳动中的舞蹈，它展示着人们的勤劳和智慧，欢快的节奏能激发出人们对美好生活的向往，艳丽的服饰诠释着生活的多姿多彩。他希望通过表演影响更多的人，唤醒人们对这一古老舞蹈的热情。

这些年，我培养出的学生们参加过很多大型演出和比赛，也在全国各大卫视的各类节目及晚会中频频出镜，在全国引起了不小的反响。但是参加很多演出活动都是自费，一个家长带一个孩子，来回一趟的开销得小 1 万元钱，对很多普通家庭来说，负担太重，不得不放弃。孩子们需要施展才华的舞台，但现实情况真是让人有些无奈。

我们的小队员其实非常有实力，跳得非常好，就是可展现的机会太少了。这些年来，我也一直在为宣传、传授这项技艺苦苦摸索和探求，但是一个人的力量太薄弱了。

在 20 世纪 80 年代的时候，象帽舞没有那么受重视，国家也没有什么支持，但是在民间却有很好的群众基础。现在，农乐舞已经列入联合国教科文组织非物质文化遗产和我国的非物质文化遗产名录，可是朝鲜族学象帽舞的人却越来越少。我希望能从小学就开始推广、普及这个舞蹈。

我摇象帽已经 40 年了，一心为了象帽舞文化的教学、传承、传播和推广。这是我会坚持一生的事。我最大的梦想是朝鲜族人人都能摇起象帽，向全世界展示我们朝鲜族的特色民族文化，让更多的人知道象帽舞，让它一直传承下去。

2018 年 6 月 24 日，在长白山天池位于朝鲜境内的山顶，韩相日身着朝鲜族民族服饰表演象帽舞。王肖松摄影

01	02
03	04
05	06

01—03　2019 年 12 月 20 日，韩相日的学生在练习象帽舞。沈伯韩摄影

04　2019 年 12 月 20 日，韩相日的学生、32 岁的汉族女孩王春花在展示跳象帽舞所需的象帽和彩带。王春花是河南街道的社区干部，学习象帽舞已有 5 年，如今已经跳得蛮不错了，平时还能教社区居民学习象帽舞，带动居民一起跳，在社区普及象帽舞文化。沈伯韩摄影

05　2019 年 12 月 20 日，王春花在整理象帽，准备练习象帽舞。沈伯韩摄影

06　2019 年 12 月 20 日，王春花在练习象帽舞。沈伯韩摄影

01	02
03	04
05	06

01　2019年12月20日，韩相日的一名学生在整理象帽，准备练习象帽舞。沈伯韩摄影

02　2018年1月18日，韩相日（左一）在教孩子们认识跳象帽舞所需的象帽和彩带。王肖松摄影

03　2019年1月23日，一名男孩（中）在韩相日的指导下练习象帽舞。李伟摄影

04　2017年11月24日，韩相日（中）在为即将跳象帽舞的孩子们整理象帽。王肖松摄影

05　2017年11月24日，韩相日（后）在为孩子们讲解如何练习象帽舞。王肖松摄影

06　2019年12月20日，在河南街道文化站，椅子上放着学员用过的跳象帽舞所需的象帽和彩带。沈伯韩摄影

2019 年 12 月 20 日，在河南街道文化站，韩相日在洒进排练厅的阳光下踱着步。沈伯韩摄影

第八章

中朝边境纪行

20世纪初，从朝鲜迁徙而来的农民在延边的水稻田里用人力耙水田。李光平供图

从朝鲜迁徙而来的农民在延边使用“油纸温床育苗法”培育秧苗。李光平供图

第一节　初识边境

从延吉市出发，沿着图们江向龙井市开山屯镇行进。一路上，延边大学教授金光永、龙井市文化馆的退休馆长李光平两位学者不断向我们讲起这片土地的历史掌故。

他们的祖先都来自朝鲜半岛，迁入之初，都是一贫如洗的农民，住着不蔽风雨的茅屋，吃着山果野菜，用木犁和人力，一点一点耕耘出稻米良田。直到今天，很多朝鲜族老人回忆起当年的艰辛，依然记忆犹新。

“东北的水稻来自朝鲜。”每每谈起朝鲜族在中国农业史上的贡献，他们的神色中带着满满的自豪。

图们江、鸭绿江流域气候寒冷，不宜种植水稻。但早期从朝鲜迁徙而来的朝鲜族农民，不畏艰辛，刨地拓荒，运用他们丰富的种植水稻的经验，使朝鲜带来的适合在高纬度地区种植的水稻种子，在东北大地上成功生发出来。

我们探访的开山屯，水田开发已有 100 多年的历史，其中自然条件最为优越的是与朝鲜隔江相望的下泉坪村。

20 世纪 30 年代，一位名叫“崔鹤出”的农民投奔堂姐夫落户下泉坪村，他身强体壮，喜爱钻研水稻种植技术，经过几年的潜心探索，创造了“油纸温床育苗法”，使水稻产量倍增，稻米煮出的米饭特别油润香甜，消息甚至传到了伪满皇宫。从此，下泉坪村的水田成了清朝末代皇帝溥仪的“御粮田”。

时至今日，这片优质的稻田仍在开山屯造福百姓。

图们江边的公路上，很少有汽车。听说就在几年前，这里曾经车水马龙，接待着南来北往的游客。如今，随着国际局势的变换，中朝边境线渐渐沉寂。

图们江最窄的地方不过几十米，北岸的中国农民用肉眼便能看到对岸的生活。

时年 67 岁的金京男出生在月晴镇白龙村。如今，他依然保留着小时

2010年9月30日，图们江畔开山屯地区泉坪平野。据《满洲经济研究年谱》记载，自1868年开始，从朝鲜迁徙来的农民就在泉坪平野种植水田。李光平摄影

2008 年 6 月 9 日，“御粮田”有机栽培方法——养鸭除草。李光平摄影

2008 年 9 月 16 日，朝鲜族农民查看丰收的“御粮田”。李光平摄影

候和伙伴们成群结队跨过图们江去对岸的朝鲜村庄看电影的记忆，而在韩国打工的经历，也深深地印在了他的生命之中。

自 20 世纪 80 年代开始，有不少延边的朝鲜族人前往韩国务工。1996 年，金京男第一次奔赴韩国，在此后的 10 年里他没有回过一次家。他和工友们跟着韩国老板辗转于首尔的各大建筑工地，每天工作十几个小时，没有假期。10 年里，他靠着自己的双手攒下 200 多万元，完成了自己人生财富的第一次积累。跨国务工潮使朝鲜族人民迈入这个族群最富裕的时期，朝鲜族逐渐从依附水稻种植的农业民族变成了具有很强流动性的劳动力群体，大量的土地从 20 世纪 90 年代初开始以土地承包的形式逐渐被转交给当地的汉族农民耕种。

2019 年 1 月 24 日，金京男坐在“百年部落”的老宅子里。李伟摄影

2019 年 1 月 24 日，“百年部落”所在的白龙村的土地，远处是朝鲜境内的山岭。沈伯韩摄影

第二节　邂逅“百年部落”

从开山屯出发，沿着边境的公路行驶，不出半小时，就能远远看见一片古老的院落。这片院落由13座具有鲜明朝鲜族建筑风格特点的房屋组成，其中最古老的一座，已有130多年的历史。

这是金京男现在的家，也是他的事业，更是一座活的朝鲜族文化博物馆，他将之命名为“百年部落”。

这里最古老的老宅由朝鲜族商人朴如根在1887年始建，耗时3年竣工。听村里的老人们说，当年建房用的是原始的大锛、小锛和斧子，木材来自长白山，通过木排顺着图们江运来，瓦片来自对岸的朝鲜。

宅子建成后，朴如根和家人在此居住了50多年。20世纪40年代，朴如根举家搬迁至日本，房屋就此空置。东北土改时期，老宅被分给了5户村民居住。

1978到1992年，图们市生产总值年均增长8.2%，农民人均纯收入年均增长11.9%。人们的头脑灵活了，眼界也开阔了，做小买卖、开工厂的人越来越多。白龙村的村民们不再为吃穿犯愁，随之而来的是一波盖房热。

1995年，金京男看上了这幢老宅的红松木料，花了3000元将它买下。此后便去

2019 年 10 月拍摄的隐没在一片田地间的“百年部落”。李伟摄影

2019 年 10 月，“百年部落”的老宅。李伟摄影

2019年1月24日，雪景中的“百年部落”。沈伯韩摄影

2019年1月24日，“百年部落”的老宅。李伟摄影

2019年1月24日，在“百年部落”的老宅内部，门梁上悬挂着老宅始建人朝鲜族商人朴如根一家的照片。李伟摄影

2019年1月24日，在“百年部落”中最古老的宅子里，金京男在展示老宅曾经的主人们的照片。沈伯韩摄影

2019 年 10 月，“百年部落”的老宅内部。这些陶缸都是金京男从东北的朝鲜族村庄淘来的。李伟摄影

2019 年 10 月，“百年部落”的老宅内部。这些木柜都是金京男从东北的朝鲜族村庄淘来的。李伟摄影

2019 年 10 月，“百年部落”中陈列的老式织布机。这是金京男从东北的朝鲜族村庄淘来的。李伟摄影

2019 年 10 月，“百年部落”的老宅内部。这些木箱是金京男从东北的朝鲜族村庄淘来的。李伟摄影

2019 年 10 月，“百年部落”院子里的鸭子造型的饰品。李伟摄影

了韩国打工。2005年，当他从韩国务工归来时，已经攒下了200多万元血汗钱。

老宅旁杂草丛生，如果拆掉它，能得10立方红松木料，卖上5万元。可是，这幢古旧的房子承载着那么多的记忆，金京男隐隐觉得可惜，于是，开始着手修房。

先小心拿下房顶旧瓦，再设法调正房屋。就在修缮的时候，有燕子成双成对飞进屋里，很快在正房里搭起了3个燕子窝。宅子风水很好，这坚定了他继续修缮的决心。

"告别了为温饱而犯愁的过去，过上宽松一些的日子后，我就开始关心起我的故乡和民族。我们朝鲜族面对困难从不屈服，用生命保卫和建设了这片土地，堂堂正正地成为它的主人。为了这样的民族，我能做些什么呢？"从韩国归来4年，他一直为此冥思苦想，直到开始修缮这座传统的民宅，才觉得自己找到了方向。

金京男走访了东北三省的朝鲜族村庄，钻地窖、掀土层寻找村民废弃的陶瓷器。他还去韩国，通过拍卖机构购回了珍贵的木柜、铜制餐具等文物。他还走访了近100名曾在白龙村生活过的人，勾勒出白龙村从诞生到今日的沧桑命运——

1860年，一位姓朴的朝鲜人携妻儿跨过图们江来到白龙村，开始了"早来晚归、春去秋回"的季节性居住。1910年日本吞并朝鲜半岛，血腥的屠杀使得大批朝鲜边民涌入白龙村长期定居、开垦拓荒。那时，白龙村周围的山上经常有野兽出没，村里曾发生过孩子被老虎叼走，经村民追逐又死里逃生的事。一位母亲把孩子生在树下后直接下地干活的事也被村民津津乐道。如今"树下生孩""虎叼孩"的主角依然健在。白龙村历来重视教育，有村民卖掉耕牛集资建起了一个私人学堂，从朝鲜请来老师……

在迎接了一波又一波的专家考察后，对这座百年老宅进行保护与利用的思路渐渐清晰起来——他要用"百年部落"使白龙村"复活"。

2019 年 10 月，“百年部落”院子里的画廊局部。李伟摄影

第三节　未来可期

如今，金京男已经把他从国外打工挣来的 200 多万元全部倾注于“百年部落”的建设上。他希望，这里能吸引更多人感受朝鲜族先民的智慧和脉搏，让更多人体验传统农家生活，学习风俗、礼仪，铭记朝鲜族的文化与精神。他还请来了画家，在 22 米长、1.7 米高的画廊上，用 100 多个画面展示白龙村 153 年的兴衰。在他看来，白龙村的历史是中国朝鲜族历史的一个缩影和样本。

他说，能让人们从这里见微知著，再现延边朝鲜族人民的精神传奇和坎坷命运，很有意义。

在韩国打工的那些年，金京男的父母在故乡去世，他未能送终。他说，当年搬到白龙村的时候，父亲曾将李树连根移栽并培育秧苗后，分发给村里各家。一到春天，整个村庄开满李花；一到秋天，家家户户便摘下李子去换钱。这些往事至今历历在目。

如今，他在父母生活过的土地上，延续着他们的生命，做着相似的事情。

他常对村民们说：“‘百年部落’不是我家的，它属于咱们村。”他把“百年部落”里的 5 间房腾出来分给了白龙村 5 个村民小组，让村民们制作朝鲜族传统饮食招待前来观光的游客。他也努力争取着政府的帮扶资

2019 年 10 月，金京男（右三）和儿子、儿媳以及孙子孙女们坐在“百年部落”院子里。李伟摄影

2019 年 10 月，金京男的儿子在“百年部落”的一个房间里准备制作饮料。李伟摄影

2019 年 10 月，金京男的儿媳在“百年部落”里整理朝鲜族民族服饰。李伟摄影

2019 年 10 月，金京男的孙女们在“百年部落”里玩耍。李伟摄影

2019 年 10 月，金京男的孙子在“百年部落”的院子里玩耍。李伟摄影

2019 年 1 月 24 日，金京男在“百年部落”的老宅里。李伟摄影

金，着手在“百年部落”边建一个无公害的绿色产品基地，增加村民收入。

如今，“百年部落”已经成为月晴镇乡村旅游的标志，也成为当地旅游扶贫的重点项目，并获得国家民族事务委员会为期3年的帮扶。

虽然老龄化严重、人口稀少，白龙村仍然努力传承着国家级非物质文化遗产“农耕舞”。村里的舞蹈队成立于1998年，当时自费制作了民族服装和道具，请来了专业舞蹈老师在村里进行了4个多月的训练。经过10多年来不断的演出，舞蹈队已经成为图们县有名的民间演出团体。舞蹈队不但寄托着人们的乡愁，也成了月晴镇的一大特色。他们在“百年部落”的表演，既愉悦了游客，也增加了收入。

精准扶贫以来，白龙村完成了水泥路“屯屯通”“户户通”，村道边装上了太阳能路灯，路边栽上了花草。曾经寂静的“百年部落”因道路的畅通变得离城市更近了。

年过六旬的金京男依然奋斗着，他心中还有一个雄心勃勃的规划：让所有的白龙村居民都在“百年部落”中就业。他曾经做过计算：如果能在“百年部落”中开展摔跤、荡秋千、跳板、婚俗、过花甲，以及顶水舞、扇子舞、长鼓舞、农乐舞等传统民族歌舞表演，再加上图们江漂流、旅游纪念品商店、旅游讲解，在图们市至白龙村之间开辟短途客运，少说也能解决四五百人就业。“没准那时候那些远赴韩国挣钱的人就能回来了。”

让他欣慰的是，前些年，儿子带回了韩国媳妇。如今，这对夫妻和他们的4个儿女与金京男生活在一起。

金京男说：“将来孙女长大成人，一定要招婿上门，子子孙孙无穷无尽，将‘百年部落’延续下去……”

主创感言

吴光于

主任记者，新华社四川分社政文采访室主任。

长期扎根艰苦贫困地区，专注扶贫领域报道，并对我国扶贫政策理论进行深入研究。多篇报道推动国家相关领域政策出台，撰写的多个作品获得中央领导重要批示。近年来挖掘出包括时代楷模其美多吉在内的多名重大典型人物。2021 年荣获四川省脱贫攻坚先进个人。

时光的珍藏——在延边的日与夜

“红太阳照边疆，青山绿水披霞光。长白山下果树成行，海兰江畔稻花香……”2020 年入伏后的一个傍晚，当这首歌从街边小公园里传出，我的思绪一下就被带回了延边。

小时候，当这首歌从录音机里传出，年幼的我从明快的旋律中第一次听到了那个属于远方的名字。

许多年里，对于久居西南盆地的我来说，它是一个轮廓模糊、遥远而神秘的存在——绵延的边境线、重音总在前的语言、盛开的金达莱、终年积雪的长白山……

然而，过去三年，因为参与中国文联“影像见证新时代 聚焦扶贫决胜期”大型影像跨界驻点调研创作工程的缘故，延边成了我跨越大半个中国，反复走进、不断深入的地方。每一次到达，我对它的认识，就如同又打开一层俄罗斯套娃，愈加清晰、深刻。

我们的主创团队由三人组成——沈伯韩来自新疆乌鲁木齐，长居北京；李伟，来自内蒙古呼和浩特，长居北京；而我，来自四川成都。因为这个项目，我们有了共同的目的地。

最初的驻点调研漫无目的，我们对当地情况知之甚少，一头雾水，幸而在最焦虑的时候得到了许多当地朋友的帮助，思路逐渐清晰。正如有学者指出的，贫困不仅是经济问题，中国的脱贫攻坚，实际上追求和形成的是一个“大扶贫”格局，它涵盖了包括经济、政治、文化在内的各个方面。因此，我们没有把目光聚焦在微观的扶贫产业和项目上，而是试图从不同类型的群体中找出具有代表性的人物，找到脱贫攻坚在他们身上映照出的光芒和刻下的印记。

一边研读文献材料，一边商讨方案，过去三年，我们深入到延吉市、和龙市、图们市、安图县等地，进行“寻宝”之旅。

“闯关东”，是东北大地绕不开的话题。从19世纪开始，就有无数百姓扶老携幼，挥别因战争、饥荒从而难以支撑生计的故土，奔赴东北，开垦处女地，开拓新生活。这场规模巨大、时间跨度漫长的大迁徙也带来了今日延边的大量人口。时至今日，大量的“闯关东”百姓后代已成为这片土地的主人，但他们身上仍有祖辈打下的深刻的烙印。别处与此处，他乡与故乡，对他们来说，总暗含着一些难以名状的情愫。在调研中，我们遇到了许多这样的人，每个平凡家庭背后都有着值得玩味的经历。他们双手布满老茧，额头刻满沧桑，我们记录下他们与土地、牲口岁岁年年的日常，也记录下他们最浪漫的爱与相守。

三年来我们所到之处，都能让人强烈感受到国家强力的扶贫措施，深刻改变着人们的生活，也影响着很多人的选择。我们记录下了合作社里的汗水、扶贫干部们的奉献，也记录下了普通百姓的奋斗、带着烟火气的家长里短。

绵延的边境线总让人产生无限遐思。我们一直希望记录一个与边境相关的故事。从开山屯到“御良田”，从天桥岭到“松茸小镇”，朝鲜族聚居区农村的“空心化”让人唏嘘不已。从20世纪八九十年代开始，越来越多朝鲜族年轻人离乡背井，远赴韩国打工，一走就是多年，身后的村庄日渐寥落。当农村劳动力的大量流失已成短期内难以逆转的趋势，乡村的记忆更难保留。然而，在图们市月晴镇的“百年部落”，我们看到了一位从韩国打拼归来的老人的“乡土重建”。2019年1月一个寒冷的冬日，我们盘腿坐在“百年部落”主人金京男温暖的朝鲜族老屋中，听他静静讲述自己半世的奋斗与梦想。这个充满浓烈乡愁气息的故事打动了我们，于是，他成为我们边境故事的主角。

同样让人敬佩的还有朝鲜族象帽舞者韩相日，半世人生只跳一支舞，让更多人了解象帽舞，将它接续传承下去，是这位孤独舞者的最大梦想。他头顶上飘舞转动的彩带成为延边记忆中最鲜艳的色彩。

滴水成冰的寒冬，我们前往长白山下的密林深处，见到许多昔日的伐木工人在禁伐之后从事着全新的工作——护林、养蜂、种木耳、当导游……经历过阵痛，更懂得感恩大自然。

我们记录下欢乐，也记录下磨难。在延吉市，年过八旬的朝鲜族老夫妻告别位于城边古村山城里的生活了半个多世纪的老屋，搬进了城里的新居，还来不及享受这份暮年的快乐，儿子就因车祸撒手人寰。

从他们身上，我们读到生命的忧伤。每一个人的生命，何尝不是一场不断告别的旅程？年轻时，告别旧日的生活，老去后，告别挚爱的亲人。在不断的告别中，曾经那些属于“自己”的东西如泡影散去，唯有岁月不居，时节如流。从他们身上，我们也读到爱的力量。两个曾经受过伤的人，磕磕绊绊携手走到暮年，经历无数伤痛，但始终相依相伴。他们不将“爱”字挂在嘴边，却用一生的时光兑现着那个字。也许正因如此，才生出了力量，抵御得住伤痛，坚韧如野草。

我们一边记录，也一边告别。

过去三年，总是在寒冷中邂逅延边。但我常常想起2019年1月的那个夜晚：冰冻的布尔哈通河被两岸的路灯照亮，冰河上站立着一对情侣，在-20℃以下的深夜里紧紧相拥，仿佛还跳着舞。

那个画面一直在我眼前挥之不去，总让人在想起延边时心底一暖。

这一切，都应被时光珍藏。

李 伟

2013—2018 年曾担任《新周刊》杂志摄影记者。现为自由艺术家，中国摄影家协会会员。

纪录片《克什克腾苍穹下》导演。电影入选 2016 年内蒙古青年电影周和 2017 年北京民族志纪录片学术展。摄影作品曾获 2016 年美国《镜头文化》杂志天赋新星摄影奖、2010 年“BEST10”全球先锋杂志摄影奖《新视线》中国地区冠军。摄影作品曾入选 2020 澳大利亚 HeadOn 摄影节“大地”摄影展、2019 兰州摄影双年展、2013 北京国际摄影双年展、2010 第二届新加坡国际摄影节、2009 第五届连州国际摄影年展等。

摄影手记

如果不是这次采访的缘分，我很少有机会在中国东北林区行走这么多次。

我在延边州去了很多地方。在去天桥岭的路上，我看到公路边上的居民区，这里有一大片平房，还有一座教堂，这里就是我们的目的地之一——延边多个林业局之一的大兴沟林业局。

我去看了长白山天池，长白山在朝鲜族人心里有神圣的地位；我去了长白山脚下的小山村，去了位于中朝边境口岸的开山屯镇；我也去了图们江边的中国朝鲜族“百年部落”，去了天桥岭镇的朝鲜族学校；我还去了历史悠久的天宝山矿区。

我记得在去长白山脚下的盘道村的时候，老岭由于海拔高，冬季积雪很厚，我们开车经过时小心翼翼，而这条路是去小山村的必经之路。

我记得去安图县松江镇松岭村时，我坐在农民闫政华拖拉机满载的玉米垛上，扛着摄像机，在颠簸的拖拉机上拍摄。秋收摘玉米是很辛苦的工作，为了及时把玉米收回家，闫政华和妻子两个人几乎每天从清晨忙碌到天黑。

听闫政华讲，他自己的地加承包的地，一共三垧地，一垧地约 10

亩，几乎对半种植了玉米和黄豆。黄豆卖不上价，一亩地产黄豆500斤，而那年每斤黄豆价格1.5元。这户普通的东北农民家庭，一年忙到头，也赚不到多少钱。闫政华的儿子正在念大学，还需要花钱。在中国，人数最多的就是农民，农民的生活非常不容易。

关于拍摄风格，我调研时带了佳能数码相机，也带了一台玛米亚7胶片相机和一台Leica Minilux胶片相机，我想尽量多拍一些胶卷，我喜欢胶片摄影的那种质感。

跋

沈伯韩

新华社高级记者，中国摄影家协会会员。

作品曾获第 74 届全球年度图片奖（POYi）肖像组照类卓越奖、第 27 届中国新闻奖二等奖（集体）、2014 年度“金镜头”新闻摄影作品评选体育新闻类单幅金奖等奖项，作品被徐肖冰侯波纪念馆永久收藏。作品曾在联合国教科文组织总部、中国国家博物馆、中国摄影展览馆、第 24 届法国国际新闻摄影节（Visa pour l’ Image-Perpignan）、北京国际摄影周、中国大理国际摄影节、中国丽水国际摄影节等展出。

东北偏北

无际雪原、茫茫林海、工业厂房、中朝边境……在前往延边之前，关于这个位于我国东北部的朝鲜族自治州的既有想象，总是不停地闯入我的脑海，并营造出某种神秘感。

如果没有参与中国文联“影像见证新时代 聚焦扶贫决胜期”大型影像跨界驻点调研创作工程，这些意象终究只是停留于虚空。直到我站在这片土地上，看到望不着边际的密林，闻到凛冽寒冬的气息，听到朝鲜族音乐特有的音韵……我才开始对这片土地以及这里的人有更为切近的了解。

抛开那些略显空洞与复杂的想象，摆在我和同伴面前的任务，是要用影像和文字，去讲述一个与贫困有关的延边故事。然而，这个主题是如此宏大，在延边这样辽阔的土地上，能从哪些切口去进入这个主题，是我们一直在思索的。也许是一个人的命运，也许是一个家庭的悲欢离合，也许是一个村庄的变迁……皆是我们所盼所寻。

延边是森林覆盖率高达 80.8% 的地区，林业工人在历史上就是当地非常重要的群体，围绕林场和林业工人转型去讲故事，足以具备一定的代表性。

早在 19 世纪，延边这片看似静谧的黑土地就开始不断收留来自远方的移民。而东北也总是能与“闯关东”联系在一起。因此，“闯关东”一代和他们的后人，也理所当然地进入了我们的视野。

我们曾经从延吉出发，经龙井、和龙，驱车沿着中朝边境行进。隔着图们江，从镜头中能远远望见对面邻国可以让外人观看的一面。而在江的这一侧，我们经过的许多朝鲜族村庄，人去屋空，大量青壮年涌向大城市，或者去韩国打工，一些人甚至已经多年不归，朝鲜族学校也面临着生源锐

2019 年 1 月 21 日，在延边朝鲜族自治州安图县松江镇盘道村，主创人员吴光于（右二）、李伟（左二）、沈伯韩（右三）、延边大学教授金光永（右一）和延边摄影师李龙俊（左一）与当地村民金莲玉（左三）一起拍摄的合影。沈伯韩摄影

减的境况……此外，由于朝鲜族特殊的历史、地理和文化背景，这个族群有着鲜明特色的文化如何得以传承，也就成为我们所关心的议题。

在这本书里，我们讲述的都是普通人的故事。他们如河畔深色的石头，可能没有绚烂的色彩，但他们的生命轨迹构成了社会发展的肌理，无数的他们站在一起，确定了中国社会这条“河流”的深度、广度与方向。我们以自己的方式去接近和观察他们，去感受他们生活的变化。每个人都是多棱镜的一个面，我们希望以这个多棱镜折射出延边和我国脱贫攻坚的伟大历程。

出发之前，我们已有明确的分工：擅长人物描写和非虚构写作的吴光于主要负责文字部分，李伟和我则负责图片和视频部分。虽然我们三人曾经和现在都供职于媒体，但我们很默契地达成了一个共识，即不想把这本书做成一个新闻报道集式的文本，它应该更加自由、松弛、开放，无论文字还是影像。

项目伊始，我就确定了自己拍摄的风格与方向。无论是旷野中的树，还是劳作中的人，我都要求自己尽力以一种端庄的姿态去呈现，而这种沉静的方式，与延边那片土地的气质是相符的——表面看来波澜不惊，内里却暗潮涌动。与我合作的摄影师李伟和他的作品，也有着类似的气质与品格。而吴光于则用她动情但不煽情、朴实不失细腻的文字，将图片之外无法描摹之人之事之情娓娓道来。我们希望自己能把延边人的生活生产方式和生命状态，以各自带着鲜明个人印记的方式描摹出来。如果读者朋友能够从中感受一二，那将是我们的幸事。

2018 年以来，我们在中国文联、中国摄影家协会、吉林省文联、中共延边州委宣传部、延边州文联、延边州摄影家协会等单位的组织、指导和帮助下，才得以完成在延边的行走与创作。而如果没有中国摄影出版社诸多编辑老师的辛勤付出，这本书也无从呈现于读者面前。在此，对帮助过我们的所有人致以深深的谢意！

《东北偏北》只是一个短暂的完结，延边的动人故事还在继续，我们能从旁观察、记录，幸甚至哉！